RÖMISCHE GESCHICHTE UND SAGEN

für Kinder

+ BEZUG ZUR GEGENWART

WARUM ROM NICHT IN EINEM TAG ERBAUT WURDE - MIT DER ZEITMASCHINE DURCH DIE RÖMISCHE GESCHICHTE

KARL BERGMANN
RÖMISCHE GESCHICHTE UND SAGEN
für Kinder
+ BEZUG ZUR GEGENWART
WARUM ROM NICHT IN EINEM TAG ERBAUT WURDE - MIT DER ZEITMASCHINE DURCH DIE RÖMISCHE GESCHICHTE

Inhaltsverzeichnis

Römische Geschichte

Warum Rom nicht an einem Tag erbaut wurde – Mit der Zeitmaschine durch die römische Geschichte

I

Die Gründung Roms

Fast 1.000 Jahre lang war das Römische Reich einer der wichtigsten Staaten in Europa. In so einer unglaublich langen Zeit passiert natürlich so einiges. Deshalb können wir immer nur einen kleinen Einblick in die aufregende Geschichte Roms bekommen. Die Menschen damals haben ganz anders gelebt als wir heute. Oft ist es schwer für uns zu verstehen, wie die Römer ihren Alltag verbracht haben, welche Gedanken sie hatten, wie sie die Welt gesehen haben und warum sie so viele Götter verehrten – sogar ihr Essen und ihre Kleidung sind für uns heute ungewöhnlich. Und dann noch ihre Namen, wie Gaius Julius Caesar, Pompeius Magnus oder Quarta Hostilia!

Seit dem Untergang des Römischen Reiches sind nun noch einmal mehr als 1.500 Jahre vergangen. Trotzdem hat man die Römer nicht vergessen, immerhin haben sie Erfindungen gemacht, die wir oft heute noch nutzen. Und das, obwohl sie keinen elektrischen Strom, also auch keinen Computer, keinen Fernseher, kein Handy, keine Autos und keinen großen Bagger zur Verfügung hatten.

Wie aber konnte dieses große Reich entstehen, zu dem nicht nur Italien, sondern auch England, Frankreich, Deutschland, die Türkei, Syrien, Ägypten und Teile Nordafrikas gehörten? Wo sind die Römer überhaupt hergekommen? Und sind sie wirklich einfach wieder verschwunden?

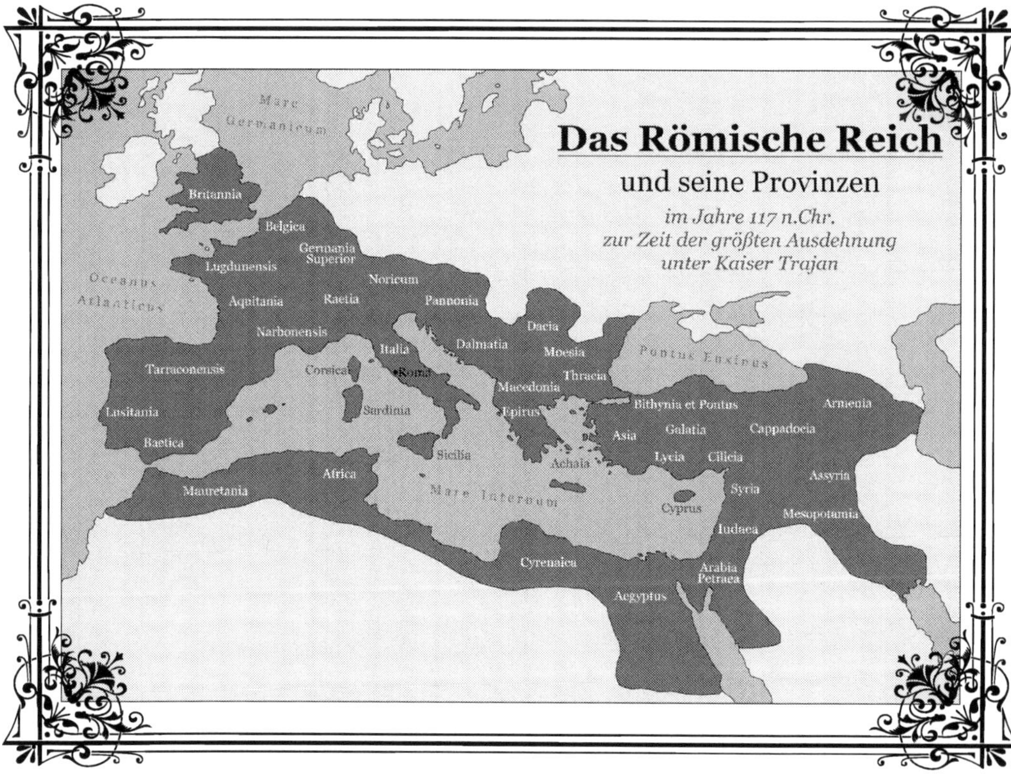

Das Römische Reich zu seiner Glanzzeit unter der Herrschaft Kaiser Trajans

Gemeinsam machen wir uns jetzt auf zu einer Zeitreise durch das fast grenzenlose Reich der Römer! Aber aufgepasst – um die Gründung Roms mitzuerleben, müssen wir sogar noch vor den Zeitpunkt zurückreisen, an dem unsere Zeitrechnung beginnt, also noch bevor Jesus Christus geboren wurde. Deshalb sprechen wir immer von „vor Christus“ und „nach Christus“.

1.1. Die Legende - Zwei Brüder gehen in die Geschichte ein

Die Römer selbst haben sich eine spannende Legende ausgedacht, um die Entstehung ihres Weltreiches zu erklären. Laut dieser Legende hat alles in Italien mit einem Streit um die Königskrone begonnen. Dabei ging es um die Herrschaft über die Region Latium, die heute noch in Italien existiert und in italienischer Sprache Latio heißt. Die Hauptstadt von Latio ist heute noch Rom. Damals aber hat es dort nur sieben Hügel gegeben, die zwar von den sogenannten Latinern bewohnt waren, aber von einer großen Stadt war weit und breit nichts zu sehen.

Während des Streits um die Königskrone wurde die schöne Tochter des rechtmäßigen Königs schwanger. Ihr Name war Rhea Silvia und man erzählte sich, dass der Kriegsgott Mars der Vater gewesen sein soll. Rhea Silvia brachte Zwillinge zur Welt und gab ihnen den Namen Romulus und Remus. Die Zwillingsbrüder waren jedoch in großer Gefahr! Ein anderer war nach dem Streit König geworden und der hatte Angst, dass die Brüder einmal die Krone einfordern könnten. Deshalb schickte der neue König Soldaten los, um Romulus und Remus einzufangen. Anstatt Romulus und Remus zum neuen König zu bringen, setzten die Soldaten die Brüder in einem Korb auf dem Fluss Tiber aus. Die beiden konnten nur überleben, weil sie an Land gespült und von einer freundlichen Wölfin genährt wurden, bis sie dann schließlich ein Hirte fand. Noch heute sieht man manchmal Statuen der Wolfsmutter mit den zwei Brüdern in Rom.

Als die beiden schließlich erwachsen waren, gründeten sie gemeinsam die Stadt Rom an der Stelle, an der die Wölfin sie als Babys gefunden hatte – am Hügel Palatin. Das ging allerdings nicht ganz ohne Streit, wie das eben bei Brüdern manchmal so üblich ist. Jeder wollte der alleinige Gründer Roms sein.

Aber wir wollen uns ja nicht in den Streit der Brüder einmischen – wichtig ist nur, dass die Römer später die Gründung ihrer Stadt und damit des Römischen Reiches auf das Datum 21. April des Jahres 753 vor Christus festgelegt haben. So wie wir heute mit unserer Zeitrechnung mit der Geburt von Jesus Christus beginnen (das Jahr 0 ist für uns das Jahr von Christi Geburt), so begann die Zeitrechnung der Römer mit der Gründung Roms (das Jahr 0 war für sie also 753 Jahre früher). Deshalb liest man noch oft in römischen Inschriften „ab urbe condita“ = „ab der Gründung der Stadt“. Aber was davon ist wahr und was ist erfunden?

1.2. Was wirklich passiert ist

Da alles schon so schrecklich lange her ist und damals niemand etwas aufgeschrieben hat, kennt man heute nur noch Bruchstücke von den Anfangszeiten des Römischen Reiches. Auf jeden Fall wurde die Stadt Rom nicht an einem Tag erbaut und auch das

Weltreich Rom entwickelte sich nur langsam. Aber auch Legenden haben meistens einen wahren Kern. Die Region Latium hat es wirklich gegeben und ebenso die Latiner. Wie in der Legende beschrieben, standen die Latiner unter der Herrschaft eines fremden Königs. Das Volk der Etrusker hatte zu dieser Zeit die Herrschaft über fast ganz Italien. Allerdings wehrten sich die Latiner schließlich und verjagten den König der Etrusker. Dieser letzte König hat den Namen Lucius Tarquinius Superbus getragen, was so viel heißt wie „Tarquinius der Große".

Auf dem Hügel Palatin, dort, wo Romulus und Remus die Stadt Rom gegründet haben sollen, hat es aber schon vor mehr als 10.000 Jahren eine Siedlung gegeben. Diese Siedlung konnte erst ab 500 vor Christus richtig wachsen. Die Latiner, die in dieser Siedlung lebten, nannten ihre Stadt dann irgendwann Rom und sich selbst Römer. In kurzer Zeit wurde die Stadt so groß und mächtig, dass sie zu einem richtigen Staat herangewachsen war. Die Römer hatten zwar viele Traditionen von den Etruskern übernommen, wollten aber ein eigenständiges Volk sein.

Die Römer haben ihr eigenes Logo erfunden, das noch auf vielen Inschriftensteinen aus dieser Zeit zu lesen ist.

Sie gründeten eine Republik, die nicht von einem König beherrscht wurde, sondern vom Volk selbst. Wie sie das genau organisiert haben, wird im Kapitel 2.2. „Römische Republik – Die Senatoren und der große Caesar“ beschrieben. Innerhalb von 200 Jahren vergrößerten die Römer ihre Herrschaft immer weiter und hatten schließlich fast ganz Italien in ihrem Besitz.

1.3. Wie konnte Rom ein Weltreich werden?

Seit der Gründung ihrer eigenen Republik hatten die Römer ein neues Selbstvertrauen gewonnen und machten sich nun auf, die damals bekannte Welt zu erobern. Da die Kontinente Amerika und Australien zu dieser Zeit noch niemand entdeckt hatte, war die Welt für die Römer damals etwas kleiner. Für die Eroberung nutzten die Römer sowohl das Militär als auch den Handel. Um so ein großes Reich führen zu können, wurden die Beamten erfunden.

Die römische Armee wurde straff organisiert und die römischen Soldaten zu den besten Kämpfern ausgebildet. Außerdem legten die Römer Handelsstraßen an, um mit den Nachbarvölkern besser Handel treiben zu können. Man muss sich vorstellen, dass die Wege damals nicht so schön asphaltiert waren, wie wir das heute kennen.

Es gab keine Autobahnen und Flugzeuge wurden sowieso erst 1.500 Jahre später erfunden. Wenn du in den Wald gehst und dir dort die Wege ansiehst, weißt du in etwa, wie die Straßen um 500 vor Christus überall ausgesehen haben. Es war irrsinnig schwierig, mit dem Pferd oder mit einer Kutsche weitere Wege zurückzulegen. Für Entfernungen, für die wir heute mit dem Auto eine halbe Stunde brauchen, musste man damals etwa vier Stunden einrechnen. Fast unglaublich!

Auf Meilensteinen an den Straßen wurde die Entfernung zu Rom angegeben und welche Richtung man einschlagen musste. Die Römer waren also die Erfinder der Straßenschilder und auch der Straßenkarte, denn sie zeichneten alles in der sogenannten Tabula Peutingeriana auf.

Die Römer verbesserten also die Straßen, das Militär, den Handel und die Verwaltung und konnten deshalb in 200 Jahren fast ganz Italien erobern. Natürlich ging das nicht ohne Gegenwehr der anderen. Die Gallier schafften es sogar für kurze Zeit, die Römer zurückzudrängen, und konnten die Stadt Rom einnehmen. Nur durch die Zahlung von Lösegeld zogen die Kelten schließlich wieder ab.

Auch mit den Städten im Süden Italiens, die von den Griechen gegründet worden waren, und sogar mit ihren damaligen Freunden, den Karthagern aus Afrika, gerieten die Römer bald in Streit. Alle Niederlagen konnten die Römer jedoch nicht aufhalten und so erstreckte sich die römische Herrschaft bald über die Grenzen Italiens hinaus. Schließlich wurden sie noch zu richtigen Seefahrern und eroberten alle Länder, die am Mittelmeer liegen. Wir können noch einiges von den Römern lernen: Auch wenn es Niederlagen gibt, immer durchhalten, dann erreicht man das, was man will.

II

Die vier Zeitabschnitte der römischen Geschichte

Da die römische Geschichte so lange gedauert hat, wird sie in vier Zeitabschnitte eingeteilt:

- Königszeit
- Republik
- Kaiserzeit
- Spätantike

Man nennt die Zeit der Römer auch „Antike“ und „Altertum“.

2.1. Königreich der sieben Könige

Nach der Gründung Roms sollen sieben etruskische Könige über das neu gegründete Rom geherrscht haben. Leider hat man erst viel später begonnen, alles aufzuschreiben, deshalb weiß man heute nicht mehr so genau, ob auch alles stimmt, was die Leute sich erzählt haben. Die Römer haben zu ihrem König übrigens „rex“

gesagt – eine Königin nannten sie „regina“. „Regina“ wird heute oft als schöner Mädchenname verwendet.

Der erste König soll Romulus gewesen sein, den wir ja bereits kennengelernt haben. Nachdem Romulus mit seinem Bruder Remus die Stadt Rom gegründet hatte, fingen sie an zu streiten, wer denn nun König werden sollte. Romulus gewann und wurde alleiniger Herrscher. Die Brüder wollten die Herrschaft einfach nicht miteinander teilen.

Ebenfalls ein wichtiger König war Numa Pompilius. Er war der zweite König Roms und soll so weise gewesen sein, dass er sogar von den Nachbarvölkern als Schiedsrichter gerufen wurde. Numa führte die Bräuche und Zeremonien ein, die wir später im Kapitel 5.4. „Die Götter muss man milde stimmen“ noch kennenlernen werden.

Erwähnenswert ist noch der fünfte König Roms, der den etwas langen Namen Lucius Tarquinius Priscus getragen hat. Lucius soll sehr reich und großzügig gewesen sein. Er investierte viel Geld in den Ausbau Roms und begann damit, unter der Stadt ein weitverzweigtes Kanalsystem zu bauen – die Cloaca Maxima. Ja, die hieß wirklich so! Von diesem Wort wurde das Wort „Kloake“ abgeleitet, das wir heute als Bezeichnung für einen Abwasserkanal verwenden.

Der siebte und letzte König Roms, der von der Bevölkerung schließlich vertrieben wurde, hat einen ähnlichen Namen getragen wie der fünfte König Roms: Er hieß Lucius Tarquinius Superbus. Dieser Lucius hat zwar die Macht Roms erweitert und viele Kämpfe geführt, aber er soll auch sehr gemein zu seinen eigenen Leuten gewesen sein. Lucius Tarquinius Superbus wurde deshalb als Tyrann bezeichnet.

Römer mit Lorbeerkranz

Die römischen Könige haben übrigens keine Krone getragen, wie wir sie heute von Königen kennen, sondern einen Lorbeerkranz. Der Lorbeerstrauch bzw. der Lorbeerbaum wurde als Zeichen für

Ruhm, Erfolg und Unsterblichkeit gesehen. Manchmal wurde auch ein Kranz aus Eichenlaub verwendet. Dieser Kranz, auch Corona genannt, wurde als Auszeichnung verliehen.

2.2. Römische Republik – Die Senatoren und der große Caesar

Nachdem fast 200 Jahre lang Könige über Rom geherrscht hatten, übernahm nun das Volk die Macht. Schon während der Königszeit hatte es einen Ältestenrat gegeben, den Senat. Im Senat durften nur reiche Adelige mitreden, die Patrizier. Als der letzte König Lucius Tarquinius Superbus vertrieben worden war, setzte man zwei Konsuln an die Spitze des Senates. Dadurch war die Zeit der Römischen Republik gekommen, die von den Römern als „res publica“ bezeichnet wurde. Das heißt übersetzt so viel wie „öffentliche Angelegenheit“ oder „Gemeinwesen“. Damit war gemeint, dass alle mitreden sollten. Zu dieser Zeit hat es noch immer niemanden gegeben, der genau mitgeschrieben hat, aber die Römische Republik entstand wahrscheinlich um 500 vor Christus.

Ganz so reibungslos funktionierte das am Anfang nicht, denn vor allem die ärmere Bevölkerung durfte lange nicht mitbestimmen. Aber die Römer hatten ja 500 Jahre Zeit, um die Republik zu entwickeln. Wichtig dabei war, dass ein Konsul jedes Jahr neu gewählt werden musste. Das ist heute für uns selbstverständlich, denn wir wählen ja auch alle paar Jahre die Abgeordneten des Bundestages und die Bürgermeister. Damals war das allerdings etwas ganz Neues. Die Römer entwickelten auch eine eigene

Verfassung, in der die Rechte und Pflichten aller Bürger aufgeschrieben wurden.

Außerdem haben die Römer verschiedene Ämter, also die Beamten, erfunden, um das immer größer werdende Römische Reich zu verwalten. Genauso wie bei einem Konsul musste auch eine Wahl stattfinden, wenn ein Amt von einer Person übernommen wurde. Immer wurden zwei Personen gleichzeitig für ein Amt gewählt, die sich gegenseitig kontrollierten. Ein wichtiges Amt war zum Beispiel der Censor, der sich um die Steuereinnahmen gekümmert hat. Die Worte „Zensor" und „Zensur" werden heute noch verwendet, wenn aus einem Schriftstück, einem Lied oder einem Film etwas Unerwünschtes entfernt werden soll.

Einer der bekanntesten Senatoren und Konsuln war Gaius Julius Caesar, meistens einfach Caesar genannt. Zu seiner Zeit neigte sich die Republik allerdings schon ihrem Ende entgegen, denn seine Nachfolger waren bereits Kaiser. Er ging vor allem als großer Feldherr in die Geschichte ein, denn er eroberte viele Gebiete in Europa und kämpfte gegen die Gallier, die Germanen und gegen die Britannen. Diese Völker haben in den Gebieten des heutigen Frankreichs, Deutschlands und Großbritanniens gewohnt – nachdem Caesar durch diese Länder gezogen war, gehörten sie auch zum Römischen Reich.

Gaius Julius Caesar

Durch seine Erfolge konnte Caesar in Rom so viele Anhänger gewinnen, dass er schließlich vom Volk in mehrere Ämter gleichzeitig gewählt wurde. Zum Schluss hatte er die alleinige Macht im Römischen Reich. Caesar hat übrigens mehrere Bücher darüber geschrieben, wie man richtig Krieg führt, und er hat einen neuen Kalender eingeführt, den Julianischen Kalender. Außerdem ist der Monat Juli nach ihm benannt (Gaius JULIUS Caesar).

2.3. Kaiserzeit – Von mächtigen, schwachen und verrückten Kaisern

Dadurch, dass Caesar alleine so viel Macht hatte, war die Zeit der römischen Republik beendet und es begann die römische Kaiserzeit. Der erste Kaiser des Römischen Reiches war Kaiser Augustus und er war der Neffe von Caesar. Sein Name war eigentlich Gaius Octavius, aber ihm wurde später vom Senat der Ehrenname August verliehen, was so viel heißt wie „der Erhabene". Das geschah um etwa 27 vor Christus. Augustus regierte ganze 41 Jahre lang, also bis 14 nach Christus. Er war der Kaiser, der zur Zeit der Geburt von Jesus Christus regiert hat.

Kaiser Augustus, der erste römische Kaiser

Die Kaiserzeit dauerte immerhin 300 Jahre, deshalb gab es viele, viele, viele Kaiser. Mit der Zeit wurden die Kaiser immer übermütiger und hatten so ihre Eigenheiten. Kaiser Caligula wird zum Beispiel nachgesagt, er sei sehr bösartig gewesen und wollte wie ein Gott behandelt werden. Er regierte allerdings nur vier Jahre lang. Der Name Caligula wurde ihm als Spitznahme verpasst, denn das heißt „Soldatenstiefelchen". Sein richtiger Name war viel länger und lautete Gaius Caesar Augustus Germanicus.

Einer der bekanntesten Kaiser Roms war Kaiser Nero. Lange Zeit wurde behauptet, dass Kaiser Nero die Stadt Rom angezündet haben soll, um mehr Platz für seinen Palast zu schaffen. Nero wäre wohl lieber Künstler geworden, denn er liebte es, vor Publikum auf der Bühne zu stehen und in Theaterstücken mitzuspielen.

Unter Kaiser Trajan war das Römische Reich am größten. Kaiser Trajan regierte vom Jahr 98 nach Christus bis ins Jahr 117 nach Christus. Er eroberte Armenien, Mesopotamien (das Teile der heutigen Länder Syrien, Irak, Kuwait und Iran umfasste) und das Dakerreich (im heutigen Rumänien gelegen). Ein bekannter römischer Kaiser war außerdem Mark Aurel, der eigene philosophische Bücher veröffentlicht hat.

Falls du dich erinnerst, hat ja einer der zwei Brüder, die Rom gegründet haben, den Namen Romulus getragen. Nach ihm wurde schließlich die Stadt Rom benannt. Auch der letzte Herrscher Roms, bevor das Römische Reich geendet hat, hörte auf den Namen

Romulus. Er hatte noch den Beinamen Augustulus. Ob Zufall oder nicht, leider brachte sein Name dem armen Romulus Augustulus kein großes Glück. Er war erst 15 Jahre alt, als sein Vater ihn von den römischen Truppen als Kaiser ausrufen ließ. Natürlich war er viel zu jung, um so ein riesiges Reich zu regieren. Das konnte doch nicht gut gehen! Schon ein Jahr später stand dann auch der Gotenfürst Odoaker vor der Tür von Romulus Augustulus und schickte den armen Marionettenkaiser in Pension.

2.4. Die Spätantike

Die Spätantike beginnt um etwa 300 nach Christus. Obwohl noch immer die römischen Kaiser regierten, wird diese Zeit bis zum Ende des Römischen Reiches als eigener Zeitabschnitt gerechnet. Der Grund ist, dass sich das Römische Reich bereits in einer Krise befand und kurz davor war, auseinanderzufallen. Das Römische Reich wurde in die zwei Teile Westrom und Ostrom aufgeteilt, wobei zu Westrom die ursprünglichen Gebiete des Römischen Reiches gehörten, wie Italien, Österreich, Spanien, Frankreich und Teile von Deutschland. Zu Ostrom gehörten die heutige Türkei, Griechenland und Gebiete östlich und südöstlich des Mittelmeers. An der Spitze stand jeweils ein Kaiser.

Der Übergang von der Spätantike zum Frühmittelalter ist fließend und kann nicht so genau festgelegt werden. Auf jeden Fall kam es in dieser Zeit immer öfter zu Streit zwischen den Völkern und es setzten richtige Wanderbewegungen ein, die als große Völkerwanderung bekannt geworden sind. Auch unter den römischen Kaisern gab es immer mehr Streit. Manchmal herrschten deshalb mehrere Kaiser gleichzeitig. Der letzte römische Kaiser in Westrom war Romulus Augustulus. Er war gerade mal 16 Jahre alt, als der Germanenfürst Odoaker nach ihm die Macht in Rom übernahm.

III

Hilfe! Die Römer kommen!

Die Römer konnten ihr Reich hauptsächlich deshalb vergrößern, weil sie viele Kriege gegen andere Völker führten. Zwar hatten viele Menschen zuerst Angst vor den Römern, aber sobald sie sich dem Römischen Reich angeschlossen hatten, waren die Römer eigentlich ganz nett. Immerhin hatten die Römer angenehme Dinge erfunden, wie zum Beispiel Thermen (Badehäuser), Tempel und Amphitheater. Auch die Straßen wurden immer schön ausgebaut und in den Siedlungen entstanden prachtvolle Steinhäuser. Ein erobertes Gebiet wurde als Provinz bezeichnet.

Deshalb übernahmen die neuen römischen Bürger der eroberten Länder gerne die römischen Sitten. Das kann man auch an alten Inschriftensteinen sehen, auf denen zum Beispiel die Kelten mit einem römischen Gewand abgebildet sind. Auch der Handel blühte unter römischer Herrschaft auf. Die römischen Soldaten, die in verschiedenen Regionen eingesetzt wurden, brachten oft interessante neue Dinge aus fernen Ländern mit. Die römische Armee spielte also eine sehr wichtige Rolle bei der Vergrößerung des Römischen Reiches.

3.1. Die römischen Legionen

Die Soldaten und vor allem die Heerführer waren bei den Römern hoch angesehen. Sie mussten eine harte Ausbildung absolvieren. Aus Schriftstücken wissen wir, dass die Soldaten oft in voller Ausrüstung in wenigen Stunden einen Weg von 20 bis 24 römischen Meilen zu Fuß gegangen sind – das sind etwa 30 bis 36 Kilometer. Die römische Armee war bekannt für besondere militärische Formationen, die sie rasch wechseln konnten. So waren sie dem Gegner oft überlegen. Eine dieser Formationen heißt „Schildkröte", weil die eng aneinanderstehenden Soldaten sich mit ihren Schildern vollkommen bedeckten und damit aussahen wie eine Schildkröte unter ihrem Panzer.

Die Schildkröten-Taktik

Die sehr, sehr große Armee wurde in mehrere Legionen eingeteilt. Eine Legion bestand aus etwa 5.000 Soldaten. Ein Fußsoldat hieß Legionär. Es gab außerdem noch den Zenturio (= Hauptmann). Die Römer waren kein Reitervolk und nutzten deshalb erst spät berittene Soldaten. Meistens waren das geübte Reiter aus den Reitervölkern der eroberten Gebiete, denn diese traten oft in die römische Armee ein.

Jede Legion hatte ein sogenanntes Feldzeichen (auch Standarte genannt): den Legionsadler. Wenn dieser Adler im Kampf verloren ging, war das eine Schande für die jeweilige Legion. Nach 45 Dienstjahren in der Armee konnte sich ein Soldat zur Ruhe setzen. Die römischen Soldaten haben damals schon eine Pension bekommen. Meistens war das ein Stück Land und etwas Geld. Während der Zeit bei der Armee wurde ein römischer Soldat je nach Rang mit einem festgelegten Lohn bezahlt.

3.2. Freund oder Feind?

Es hat nur wenige gegeben, die sich gleich freiwillig dem Römischen Reich angeschlossen haben. Zu diesen wenigen Völkern gehörten die Kelten, die im Gebiet des heutigen Österreichs siedelten. Der Grund war, dass diese Kelten (auch als Noriker bekannt) schon früh mit den Römern friedlich Handel getrieben hatten. Vor allem produzierten die Noriker sehr gute Waffen aus dem nach ihnen benannten Norischen Eisen, das bei den Römern sehr begehrt war.

Zu den bekanntesten Gegnern Roms zählten die Gallier. Sie waren wie die Noriker ein keltischer Stamm, wohnten aber im Gebiet der heutigen Länder Frankreich und Belgien. Lange Zeit wehrten sich die Gallier gegen die Römer, mussten sich dann aber unter Caesar doch dem Römischen Reich anschließen. Aber noch bevor das Land der Gallier von den Römern erobert werden konnte, schafften es die Gallier sogar einmal bis nach Rom. Wie oben kurz erzählt, konnten die Gallier Rom einnehmen und zogen nur durch die Zahlung eines Lösegelds ab.

Während der Zeit der Spätantike wurden auch die Streitereien mit den Germanen immer häufiger. Die Germanen siedelten im heutigen Deutschland. Vielleicht kennst du auch Attila den Hunnenkönig? Das Reitervolk der Hunnen kam plötzlich aus dem Osten und wurde ganz schön zum Problem für die Römer. Man erzählt sich, dass es die Hunnen waren, die schließlich die große Völkerwanderung ausgelöst hätten, die auch zum Untergang des Römischen Reiches führte.

Manche Herrscher arbeiteten auch mit den Römern zusammen, wie zum Beispiel die berühmte ägyptische Königin Kleopatra. Sie soll eine der schönsten Frauen ihrer Zeit gewesen sein und hat gerne in Milch gebadet. Caesar war verliebt in Kleopatra, deshalb durfte sie weiter in Ägypten regieren, obwohl die Römer das Land erobert hatten.

Die schöne ägyptische Königin Kleopatra

3.3. Als Hannibal über die Alpen zieht

Neben den Galliern, die es immerhin einmal geschafft hatten, Rom zu erobern, hatten die Römer große Angst vor Hannibal. Der berühmte Armeeführer lebte um etwa 200 vor Christus im heutigen Tunesien, das früher Karthago hieß. Obwohl die Karthager und die Römer zuerst befreundet waren, gerieten sie plötzlich in Streit. Hannibal zog sogar mit insgesamt 37 Kriegselefanten, mit 50.000 Fußsoldaten und 9.000 Reitern von Tunesien über Spanien und die

Alpen, um gegen die Römer zu kämpfen. Das sind unglaubliche 4.500 Kilometer, die Hannibal mit seiner Armee und den Elefanten zurückgelegt hat.

Der gefürchtete Hannibal

Gewinnen konnte er damals allerdings nicht. Er musste wieder abziehen, da die Römer im Gegenzug inzwischen seine Heimat Karthago angegriffen hatten. Aber trotzdem saß der Schock tief und deshalb wurde Hannibal noch lange von den Römern verfolgt. Die drei Kriege, die Rom insgesamt gegen Karthago führte, werden als Punische Kriege bezeichnet. Zum Schluss siegten die Römer.

3.4. Was ist mit Asterix und Obelix?

Fast jeder kennt die Comichefte von Asterix und Obelix. Die beiden Gallier, also Kelten, wohnen in einem Dorf, das sich lange Zeit gegen die Römer wehrt. Während alle Gebiete rundherum von den Römern erobert wurden, schaffen es die beiden Helden immer wieder, die Römer auf lustige Weise auszutricksen. Hilfe erhalten sie durch den Druiden Miraculix, der ihnen einen Zaubertrank mixt, durch den sie unglaubliche Kräfte bekommen. Ein Druide war bei den Kelten eine Art Mediziner, der die Kräfte der Natur nutzte.

Was ist wahr an diesen Geschichten? Auch wenn Asterix und Obelix Comicfiguren sind, haben die Geschichten auch einen wahren Kern. Die Gallier zählten lange Zeit zu den größten Gegnern Roms. Zwar hat es Asterix und Obelix nicht wirklich gegeben, aber dafür auf jeden Fall ihren Anführer Vercingetorix. Fast zehn Jahre lang hielt der Gallier Vercingetorix die Römer auf Trab, bis er von den Römern gefangen werden konnte. Er wurde nicht nur für die Kelten zum Held, sondern wurde auch von den Römern bewundert.

Der Comic über Asterix und Obelix ist wahrscheinlich einer der wenigen Comics, die in Schulen als Unterrichtsmaterial verwendet werden. Es kommen auch andere Völker darin vor, wie die Pikten oder die Briten, und man lernt viele Kunstwerke kennen. Aber trotzdem sind natürlich auch einige Sachen dabei, die von den Autoren frei erfunden wurden. Trotzdem helfen dir Asterix und Obelix, noch mehr von der Geschichte Roms zu erfahren.

3.5. Es ist Bürgerkrieg

Die Römer stritten nicht nur mit anderen Völkern, sondern manchmal auch gegen sich selbst. Als sich Rom in eine Republik wandelte, sollten eigentlich alle Römer ein Mitspracherecht erhalten, egal ob sie reich waren oder nicht. Die Adeligen, auch Patrizier genannt, wollten den einfachen Menschen, die bei den Römern als Plebejer bezeichnet wurden, aber nicht gleich alle Mitspracherechte geben. Das war um etwa 500 vor Christus.

Also taten sich die Plebejer zusammen und zogen einfach aus Rom aus. Das ganze öffentliche Leben war lahmgelegt, weil die reichen Patrizier nun niemanden mehr hatten, der für sie arbeitete. So schafften es die Plebejer, dass ein sogenannter Volkstribun eingesetzt wurde, der für die Rechte der ärmeren Bevölkerungsschichten eintreten konnte. Wenn der Volkstribun mit den Entscheidungen der Patrizier nicht einverstanden war, konnte er ein Veto einlegen, was so viel heißt wie „ich verbiete es“.

Nur kurze Zeit später waren die Plebejer wieder unzufrieden und wiederholten das Ganze mit dem Auszug aus Rom. Dadurch wurde vom Senat das Zwölftafelgesetz entwickelt. Das waren die Anfänge unseres heutigen Rechtssystems. Der Name Zwölftafelgesetz kommt daher, dass die Gesetze wirklich auf zwölf Tafeln geschrieben wurden (damals hatten die Menschen das Papier noch nicht erfunden). Diese zwölf Tafeln wurden öffentlich aufgestellt, damit sie jeder lesen konnte. Leider wurden die Tafeln bei einem Angriff der Gallier zerstört.

Zwei richtige Streithähne waren Caesar und Pompeius. Nachdem Caesar die Gallier besiegt hatte, wanderte er mit seinen Soldaten bewaffnet nach Rom. Ein Feldherr musste seine Waffen aber eigentlich an der Staatsgrenze, die beim Fluss Rubicon lag, abgeben. Als Caesar voll bewaffnet den Fluss Rubicon überquerte, fasste das der damalige Konsul Pompeius als Kriegserklärung auf. Fast fünf Jahre lang stritten die beiden, bis Caesar schließlich gewann und zum alleinigen Konsul in Rom wurde.

IV

Wie lebten die Römer?

Die Römer lebten bereits vor 2.000 Jahren. Seither hat sich viel verändert und die Römer lebten ganz anders als wir heute. Sie hatten keine Elektrizität, keine Autos, keine Fernseher und keine Handys. Trotzdem war ihnen mit Sicherheit nicht langweilig, denn sie hatten genug andere schöne Dinge, mit denen sie sich beschäftigen konnten.

4.1. Die Sprache der Römer

Schon lange nachdem das römische Weltreich verschwunden war, nutzten vor allem die Gelehrten und die Kirchenmänner die Sprache der Römer weiter – das war Latein. Fast alle Bücher im Mittelalter sind in Latein geschrieben. Auch Ärzte und Wissenschaftler nutzen heute noch Latein für manche Fachbegriffe. Außerdem haben sich manche heutige Sprachen aus dem Latein der Römer entwickelt, wie Italienisch, Französisch und Spanisch. Heute ärgern sich viele Schüler darüber, wenn sie Latein lernen müssen, obwohl die Sprache sehr nützlich ist.

Und eigentlich nutzt du auch jeden Tag Worte, die aus dem Lateinischen kommen, wie zum Beispiel „Prost“, was von „prosit“ abgeleitet wird und so viel heißt wie „es nütze dir“. Auch das Wort „Video“ ist Latein und bedeutet „ich sehe“. Weitere Worte sind „Motor“, „Interesse“ oder „Stativ“. Überhaupt wurde unser ganzes Alphabet von den Römern erfunden. Ein einziges Land der Welt hat noch Latein als tägliche Amtssprache: der Vatikan, der vom Papst regiert wird.

4.2. Das Leben als römischer Kaiser

Von einigen römischen Schriftstellern wissen wir heute, wie das Leben der römischen Kaiser vor 2.000 Jahren aussah. Einer davon ist der Geschichtsschreiber Sueton, der vom Jahr 70 nach Christus bis 145 nach Christus gelebt hat. Die römischen Kaiser kannten eigentlich keine Freizeit. Sie waren eine öffentliche Person, das heißt, auch ihr Privatleben wurde von der Bevölkerung beobachtet und sie waren immer von irgendwelchen Beratern und Dienern umgeben. Das ist heute bei vielen Politikern und Königshäusern nicht anders.

Natürlich feierten die römischen Kaiser auch gerne Feste und nutzten die vielen Thermen, um sich zu entspannen, zu verhandeln und Geschäfte abzuschließen.

Die meisten römischen Kaiser waren sehr ehrgeizig und interessierten sich für viele Dinge. Kaiser Hadrian zum Beispiel, der auch die

Grenzbefestigung in England errichten ließ, den Hadrianswall, hatte Interesse an Astronomie, Kunst, Bildhauerei und er spielte mehrere Musikinstrumente. Anders als heute, zogen die Herrscher damals oft noch selbst mit in den Krieg und waren deshalb häufig auf Reisen. Kaiser Mark Aurel war gleichzeitig ein Philosoph und verbrachte viel Zeit damit, Bücher zu schreiben.

4.2.1 Kleidung eines römischen Kaisers

Wie jeder Römer, egal ob Mann oder Frau, arm oder reich, trug auch ein römischer Kaiser eine Tunika. Das war ein bequemes Gewand, das meistens bis zu den Knöcheln reichte. Einige Zeit waren auch kurze Tuniken in Gebrauch – Caesar hat diese gerne getragen. Ein Kaiser bevorzugte jedoch nur kurze Tuniken, wenn sie aus kostbaren Stoffen, die nicht selten aus dem Orient gebracht wurden, wie Seidendamast und Goldtücher bestanden. Von Kaiser Augustus erzählt man sich, dass er im Winter bis zu vier Tuniken übereinandergetragen haben soll, da er oft krank war. Zu besonderen Anlässen legten die Kaiser noch eine Toga über die Tunika. Das war ein etwas unpraktischer Wollmantel, der bis zu sechs Meter lang sein konnte. Aber der Kaiser musste ja nicht körperlich arbeiten. Mit ihrer Mode gaben die Kaiser den Ton an. Wer sich ebenso kleidete, zeigte dem Kaiser seine Loyalität.

„Das Gewand (Tunika)"

Ein römischer Kaiser wohnte meistens in einem Palast auf dem Hügel Palatin, von wo er die ganze Stadt überblicken konnte. Viele Kaiser haben sich ihren eigenen Palast gebaut und nicht den Palast ihres Vorgängers übernommen. Kaiser Domitian ließ sich sogar einen riesigen Palast im heutigen Dalmatien bauen, wo er seinen Ruhestand verbrachte. Er war einer der wenigen Kaiser, die in Pension gegangen sind. Die meisten übten diesen Job bis an ihr Lebensende aus. Den riesigen Palast von Kaiser Domitian kann sich heute jeder ansehen, denn er steht noch immer. Auch wenn ein Kaiser sehr mächtig war, konnte er trotzdem nicht immer alles alleine entscheiden und war auf die Zustimmung des Ältestenrates, also des Senates, angewiesen. Die meisten Kaiser konnten aber sehr gut reden und den Senat auf ihre Seite ziehen.

Einige Kaiser galten als verrückt, wie Kaiser Elagabal (manchmal Heliogabal genannt), der sich wie ein Gott verehren ließ und fünf Ehefrauen hatte. In der Nacht soll er öfter selbst als Frau verkleidet mit Perücke und Kleid durch die Gasthäuser gezogen sein – heute ist es ja nicht mehr ganz so ungewöhnlich, wenn sich ein Mann Frauenkleider anzieht, aber damals … und noch dazu ein Kaiser! Kaiser Elagabal feierte gerne ausschweifende Feste, bei denen keine Kosten gescheut wurden.

Auch Kaiser Nero soll verrückt gewesen sein. Bei ihm ist man sich aber heute nicht mehr ganz sicher. Es könnte sein, dass er später von seinen Gegnern einfach als verrückt bezeichnet wurde, was dann irgendjemand aufgeschrieben hat. Man unterstellte ihm sogar, dass er die Stadt Rom angezündet haben soll, um mehr Platz für seinen Palast zu schaffen. Außerdem soll er noch dazu einen Verfolgungswahn gehabt und sich ständig vor allen versteckt haben. Was für ein Kaiser ist das, den man immer suchen muss? Für die größenwahnsinnigen Kaiser, wie Kaiser Caligula und Kaiser Commodus, wurde später das Wort „Caesarenwahn“ erfunden. Das größte und gefährlichste Rauschmittel der Menschheitsgeschichte ist wohl die Macht. Sobald ein Mensch an große Macht kommt, scheint sich sein Charakter zu verändern. Aber die verrückten Kaiser saßen meistens nicht lange auf dem Thron, denn auch die Geduld des römischen Volkes hatte Grenzen.

4.3. Die römischen Bürger

Als römischer Bürger durfte sich nur jemand bezeichnen, der innerhalb des römischen Staates geboren wurde. Die Menschen in den eroberten Provinzen durften sich nicht als römische Bürger bezeichnen. Das Kennzeichen eines römischen Bürgers waren Tunika und Toga, wie beim Kaiser. Diese Kleidungsstücke werden im Abschnitt 4.6. „Essen und Kleidung“ genauer beschrieben.

Ein römischer Bürger hatte verschiedene Rechte und Pflichten, wie das auch heute in einem Staat der Fall ist. Er durfte wählen und selbst entweder in den Senat oder in das Volkstribunal gewählt werden. Die meisten Römer mussten keine Steuern zahlen. Das Geld für den römischen Staat wurde von der Bevölkerung in den eroberten Provinz bezahlt. Bis die Römer die Berufsarmee erfanden, in die jeder freiwillig eintreten konnte, musste jeder männliche Römer einen Militärdienst leisten. Wie schwer es ein römischer Soldat hatte und dass er oft an einem Tag 20 bis 24 römische Meilen (das sind etwa 30 bis 36 Kilometer) zu Fuß meistern musste, haben wir ja schon vorhin kurz angesprochen.

Obwohl die Römer eine strenge Regelung hatten, wer sich römischer Bürger nennen durfte und wer nicht, waren sie anderen Völkern und Religionen gegenüber sehr aufgeschlossen. In ihrem großen Reich tolerierten sie jeden Glauben und nahmen oft selbst fremde Götter an. Durch die römischen Soldaten hat sich zum Beispiel der Kult der ägyptischen Göttin Isis bis nach Großbritannien verbreitet. Der Kaiser und der Senat mischten sich in das Privatleben ihrer Untertanen kaum ein. Hauptsache, der Militärdienst wurde abgeleistet. Das römische Weltreich konnte nur durch Toleranz funktionieren, weil hier sehr viele Kulturen aufeinanderstießen. Es war also ein richtiger Multikulti-Staat. Wenn man aus einer römischen Provinz stammte, konnte man trotzdem Karriere machen, zum Beispiel beim Militär. Man musste aber deshalb nicht seine Identität als Germane, Kelte oder Ägypter aufgeben.

Wie glaubst du, haben sich die Römer die Zähne geputzt? Sie verwendeten Unmengen an Salbei zum Zähneputzen. Mundhygiene war ihnen sehr wichtig. Salbei tötet Bakterien im Mund ab und hilft gegen Mundgeruch. Das war aber noch nicht alles, denn nach dem Salbei folgte eine Masse aus Marmorstaub und Bimsstein. Das schleift die Zähne und lässt sie schön weiß strahlen. Die Römer kannten also schon das „Bleaching", das Bleichen von Zähnen. Zahnbürsten hatten sie allerdings noch keine erfunden, deshalb wurde das alles mit den Fingern gemacht. Wer wirklich Probleme mit Entzündungen oder Mundgeruch hatte, verwendete eine Gurgellösung aus Essig und gekochten Fröschen. Ja, richtig gelesen: gekochte Frösche! Igittigitt!!! Gesunde, weiße Zähne waren ein wichtiges Statussymbol, deshalb hat man sich das wohl gerne angetan.

Sogar, wenn römische Bürger aufs Klo gegangen sind, war das ganz anders als heute. Wer direkt in der Großstadt Rom wohnte, hatte meistens eine so kleine Wohnung, dass nicht genügend Platz für ein WC war. Deshalb hat es Gemeinschaftsklos gegeben. Wie in der Sauna saß so einer neben dem anderen auf dem Klo, ohne Zwischenwände. Das heißt, man war eigentlich nie alleine am Klo, oft sogar mit bis zu 20 Personen – Männer und Frauen gemischt. Das war ganz selbstverständlich. Kannst du dir vorstellen, mit deinen Nachbarn gemeinsam auf dem Klo zu sitzen? Klopapier hat es damals auch noch nicht gegeben. Die Römer haben einen Stab mit einem Schwamm an der Spitze in ein Becken mit Essigwasser getaucht und sich damit dann den Popo abgeputzt. Der wurde übrigens auch geteilt.

Die reichen Römer wohnten in großen Villen, die sie oft am Rand der Großstadt Rom erbauten. Diese waren sehr luxuriös ausgestattet, hatten Fußbodenheizung, fließendes Wasser, ein eigenes Badehaus und Einzeltoiletten. Die normalen römischen Bürger hingegen wohnten meistens in aus Lehm erbauten, mehrstöckigen Wohnhäusern, in denen es kein fließendes Wasser und Gemeinschaftstoiletten mit bis zu 20 Sitzplätzen in einem Raum gab. Es hat also schon in der Antike Hochhäuser gegeben.

Graffitis an den Wänden wurden übrigens nicht erst in unserer Zeit erfunden. Das riesige Kolosseum in Rom, von dem wir später bei den Gladiatoren noch hören werden, war voll mit Sprüchen und Zeichnungen. So wie heute waren darunter Witze, Liebeserklärungen und Lästereien. Schon damals gab es den Klassiker: „Ich war hier" – natürlich auf Latein, der Sprache der Römer. Ein Spruch, der auch auf viele Hauswände geschrieben wurde. Es gäbe noch so einiges

Kurioses von den römischen Bürgern zu erzählen, aber sehen wir uns doch zuerst einmal bei den römischen Frauen und Kindern um.

4.4. Frauen und Kinder

Erst seit kurzer Zeit beschäftigen sich die Geschichtsforscher mit der Rolle von Frauen und Kindern in der römischen Gesellschaft. Anders als im antiken Griechenland, hatten die Frauen zwar mehr Rechte, aber sie durften trotzdem nicht an politischen Entscheidungen teilhaben und auch kein politisches Amt übernehmen. Die Stellung einer Frau in der Gesellschaft war von der Stellung ihrer Familie abhängig. In Sklaverei geborene Frauen hatten beispielsweise überhaupt keine Rechte.

Meistens bestimmte das männliche Familienoberhaupt, der „pater familias", wen eine Frau zu heiraten hatte. Noch lange Zeit war es auch bei uns üblich, dass eine Ehe zwischen Mann und Frau nicht aus Liebe, sondern aus wirtschaftlichen Gründen geschlossen wurde. Das heißt, dass sowohl die Familie der Braut als auch die Familie des Bräutigams daraus einen Nutzen gezogen haben, wie zum Beispiel mehr Landbesitz oder einen Adelstitel. Hochzeiten aus Liebe gibt es erst seit sehr kurzer Zeit. Viele Mädchen wurden bereits ab einem Alter von zwölf Jahren verheiratet. Unter Kaiser Augustus hat es sogar ein Gesetz gegeben, dass Frauen mit einem Alter von 20 Jahren Mutter sein sollten. Vom Vater der Braut erhielt der Ehemann eine sogenannte Mitgift, als Dank dafür, dass er dessen Tochter heiratete. Das konnte Landbesitz oder Haushaltsgegenstände sein.

Etwas seltsam war die Sitte, dass die Frauen als Vornamen den Nachnamen ihrer Familie erhielten. Wenn es mehrere Töchter gab, dann wurde der Zusatz „maior“ für „die Ältere“, „minor“ für „die Jüngere“ und „tertia“ für „die Dritte“ gewählt. War der Nachname der Familie zum Beispiel Agrippa, hieß die Tochter Agrippina. War sie noch dazu die älteste Tochter, war ihr Name Agrippina Maior. Wenn eine Frau dann heiratete, musste sie den Namen der Familie ihres Mannes als Nachnamen annehmen. Nach der Hochzeit wurde eine Frau zur „Matrona“ (Hausherrin) und hielt sich meistens im Hintergrund. Es gibt nur wenig Berichte über römische Frauen, die im öffentlichen Leben in Erscheinung getreten sind. Einmal versammelten sich Hausherrinnen zu einer Demonstration, nachdem der Senat ein Gesetz erlassen hatte, das es Frauen verbot, teuren Schmuck und teure Kleidung zu tragen, damit der Krieg gegen Karthago finanziert werden konnte. Nach diesem Matronenaufstand wurde das Gesetz wieder zurückgenommen.

Die Erziehung eines römischen Kindes hing von der sozialen Stellung der Familie ab. Wurde ein Kind in eine Bauernfamilie geboren, durfte es nicht zur Schule gehen, sondern musste auf den Feldern mithelfen. Da hatten es die Kinder reicher römischer Bürger natürlich viel besser. Sie hatten oft sogar eigene Sklaven und Privatlehrer. Auch die Privatlehrer waren nicht selten intelligente

Sklaven oder Freigelassene und verdienten deshalb kaum Geld mit dem Unterrichten. Erst mit der Zeit entwickelten die Römer ein Schulsystem, das sie sich von den Griechen abschauten. Zuerst besuchte ein Kind die Grundschule, dann folgte die Grammatikschule und zum Schluss die Rhetorikschule. In der Rhetorikschule lernten die Kinder, wie man eine Rede richtig vorbereitet und präsentiert. Das war sehr wichtig, wenn man später eine Stelle im Senat oder als Rechtsanwalt ergattern wollte.

Was glaubst du: Haben die Kinder der Römer auch so gerne gespielt? Aber natürlich, jedes Kind spielt gerne! Schon damals hat es Puppen aus Leinenstoff oder Holz gegeben. Auch Murmeln aus Glas oder Ton sind nicht neu. Sehr beliebt waren die kleinen Modellwagen aus Holz, mit denen man Wagenrennen veranstalten konnte.

Ein lustiges Spiel war das Pyramidenspiel, auch Deltaspiel genannt. Das gibt es heute noch in ähnlicher Form. Dabei wird mit Kreide ein großes Dreieck auf den Boden gezeichnet, das in 10 Felder unterteilt wird. Diese werden nummeriert. Jeder bekommt gleich viele Nüsse, die er nacheinander werfen muss. Je nachdem, auf welchem Feld und auf welcher Zahl die Nuss landet, erhält man jeweils mehr oder weniger Punkte hinzu. Wer nach dem Werfen aller Nüsse die höchste Punktzahl erreicht hat, hat gewonnen. Probier das Pyramidenspiel doch einfach einmal mit deinen Freunden aus.

Mit 16 Lebensjahren war ein Römer erwachsen. Den Jungs wurde in einer aufwendigen Zeremonie, zu der alle Freunde und Verwandte eingeladen wurden, die „Toga Virilis", also die Toga des Mannes, angezogen. Anschließend musste sich der frischgebackene Erwachsene in die Bürgerliste eintragen und war damit ein vollwertiger römischer Bürger. Spätestens da musste er heiraten.

4.5. Bauern, Sklaven und Diener

Die meisten römischen Bürger waren Bauern oder lebten vom Handel. Sie wurden als Plebejer bezeichnet. Ebenso hat es Handwerker, Bankiers, Bäcker und Ärzte gegeben. Auch die Arbeiter in den Theaterstätten, die Schauspieler und Musiker darf man nicht vergessen. Die Felder, die von den Bauern bearbeitet wurden, gehörten meistens nicht ihnen selbst, sondern einem Großgrundbesitzer.

In römischer Zeit hat es bereits Fabriken gegeben, in denen größere Mengen produziert wurden. Zum Beispiel wurden in riesigen Manufakturen, also Handarbeitsbetrieben, Glas, Kleidung und Keramikwaren hergestellt. Bei den reichen Römern, den Patriziern, waren die Handwerker aber nicht sehr angesehen, obwohl die reichen Römer natürlich ohne Handwerker nicht einmal ein Dach über dem Kopf gehabt hätten! Aber bei den Patriziern war Handarbeit verpönt, denn sie arbeiteten hauptsächlich als Rechtsanwälte, in der Verwaltung oder im Senat.

Handwerker in einer römischen Töpferei

Vieles im Römischen Reich konnte nur durch den Einsatz von Sklaven erreicht werden. Zum Beispiel bauten hauptsächlich Sklaven die Straßen, sie arbeiteten in den Bergwerken, wo sie Metalle wie Eisen abbauten, oder im Steinbruch. Viele wurden zu einfachen Haussklaven. Sogar ärmere Römer konnten sich zumindest einen Sklaven leisten.

Römische Sklaven wurden zu vielen verschiedenen Aufgaben verpflichtet. Auch zum Kochen.

Es konnte mehrere Gründe geben, warum man in Sklaverei geraten war und anderen dienen musste: Entweder hatte man sich bei jemandem Geld geliehen, konnte die Schulden nicht zurückzahlen und musste sich deshalb in den Dienst des Schuldherren stellen, oder man wurde im Krieg gefangen und verkauft. Es konnte sogar passieren, dass man von Piraten überrumpelt und auf Sklavenmärkten verkauft wurde. Auch wenn man ein Verbrechen begangen hatte, konnte es passieren, dass der Richter den Angeklagten zur Sklaverei verurteilte. Sklaven hatten keinerlei Rechte und mussten immer das tun, was ihr Herr ihnen sagte.

Manche intelligente Sklaven hatten Glück und durften in einer römischen Familie als Lehrer für die Kinder arbeiten. Selten, aber doch, geschah es auch, dass ein Sklave von seinem Herrn freigelassen wurde und dann das römische Bürgerrecht bekam. Besonderes Glück hatten jene Sklaven, die für den Kaiser arbeiteten. Sie durften oft in der Verwaltung wichtige Funktionen ausüben. Kaiser Nero soll um die 400 Sklaven beschäftigt haben. Der reiche römische Bürger Gaius Caecilius Isidorus hatte sogar 4.000 Sklaven. Wo Sklaven oft noch zum Einsatz gekommen sind: als Wagenlenker oder Gladiator in der Arena. Davon werden wir im Kapitel 4.8. „Brot und Spiele – Gladiatoren und exotische Tiere“ noch mehr hören.

Gladiator Spartacus

Einer der bekanntesten Sklaven war der Gladiator Spartacus. Über ihn kannst du dir sogar einen Hollywoodfilm ansehen. Spartacus stammte ursprünglich aus Thrakien, etwa im heutigen Bulgarien gelegen, und wurde von den Römern als Sklave nach Rom gebracht. Berühmt wurde er durch einen Sklavenaufstand, den er anführte. Er floh gemeinsam mit 70 anderen Sklaven, allesamt Gladiatoren, und konnte viele weitere Sklaven auf seine Seite ziehen. Die römische Armee brauchte zwei Jahre, um Spartacus und die anderen Sklaven wieder einzufangen. Dieser Sklavenaufstand ist als Gladiatorenkrieg bzw. Spartacus-Aufstand in die Geschichte eingegangen. Es hat allerdings noch einige weitere Sklavenaufstände gegeben.

Da Sklaven wohl öfter geflüchtet sind, hat es den Beruf des Sklavenfängers gegeben. Der „Fugitivarii" erhielt für das Auffinden von geflohenen Sklaven einen hohen Lohn. Archäologen haben bei Ausgrabungen Halsbänder gefunden, die wohl Sklaven gehört haben dürften. Darauf steht geschrieben: „Ich heiße Asellus, Sklave von Praeiectus, der bei der Abteilung der Weizenverteilung arbeitet. Ich bin ein Flüchtiger, nimm mich fest, da ich davongerannt bin. Bring mich zurück zum Tempel der Flora." Zu den Feierlichkeiten der Saturnalien, die man für den Gott Saturn veranstaltet hat, durften die Sklaven mit ihrem Herren gemeinsam am Tisch essen und feiern. Die Saturnalien waren so ähnlich wie bei uns der Fasching. Die Römer verkleideten sich und feierten ausschweifend.

4.6. Essen und Kleidung

Die Römer liebten gutes Essen und guten Wein. Was kommt bei dir auf den Frühstückstisch? Bei den Römern gab es statt Milch und Kaffee meistens schon in der Früh mehrere Becher Wein. Der Wein war zumindest gesünder als das oft bakterienverseuchte Grundwasser. Der Wein wurde aber meistens mit Wasser verdünnt, da er viel stärker war als der Wein, den es heute zu kaufen gibt. Bei einem Festtagsessen gab es einen eigenen Weinmeister, der das Mischungsverhältnis bestimmt hat.

Beim Essen saßen die Römer übrigens nicht auf Stühlen an einem Tisch, wie wir das heute tun, sondern sie lagen auf einer weich gepolsterten Bank und aßen sozusagen im Liegen. Man bezeichnete die Bank als Speisesofa. Die reichen Patrizier tischten natürlich so richtig auf. Da gab es gebratene Ziege, Spanferkel, Hase oder Fisch, die reichlich mit Gewürzen und Kräutern verfeinert wurden. Als Dessert verspeisten sie Datteln mit Honig, Feigen und Nüsse. Vor allem das Abendessen wurde sehr ausgiebig gestaltet und konnte oft mehrere Stunden dauern. Bei einem Festtagsessen kamen bis zu sieben Gänge auf den Tisch, oft auch exotische Tiere wie Strauße oder Zebras. Dann spielten Musiker und es traten Akrobaten auf. Getanzt wurde bei diesen Festessen nicht, denn es galt als unhöflich, von der Tischgesellschaft aufzustehen. Sogar wenn man aufs Klo musste, verkniffen es sich die Römer lieber, denn das Zurückhalten galt als Höflichkeit.

Bei der ärmeren Bevölkerung sah das Essen dementsprechend mager aus. Zum Frühstück gab es oft nur ein Glas Wasser und eine Scheibe Brot. Auch das Mittagessen fiel eher bescheiden aus: Es wurde häufig nur ein Stück Brot mit Käse gegessen. Am Abend nach der Arbeit kam dann oft ein warmes Gericht mit Bohnen, eine Kohlsuppe oder Kichererbsen auf den Teller. Die Römer kannten kein Besteck, wie wir es heute haben, sondern aßen mit den Fingern. Probier das heute einmal im Restaurant und alle werden dich ansehen. Aber bei den Römern war das normal. Nur die reicheren Römer hatten extra Löffel, um zum Beispiel gekochte Muscheln und Schnecken auslöffeln zu können, und einen nadelförmigen Stiel, den man mit einer heutigen Gabel vergleichen könnte.

Eine der beliebtesten Würzmittel war eine Sauce namens „Garum“. Kennst du vielleicht Sojasauce oder die Würzsauce Maggi? Genau so hat Garum ausgesehen. Allerdings wurde Garum aus verkochten und vergorenen Innereien von Fischen hergestellt. Direkt in der Stadt Rom durfte kein Garum hergestellt werden, denn das hat irrsinnig gestunken. Die Römer tropften sich zwar Unmengen von diesem Garum über ihre Speisen, wollten aber mit der Herstellung am besten nichts zu tun haben. Das beliebte Garum wurde in kleine Amphoren (Tonkrüge) gefüllt, versiegelt und bis zu den römischen Soldaten in die entferntesten Provinzen versandt. Salz war damals noch sehr teuer und konnte durch Garum leicht ersetzt werden. Noch heute gibt es in Thailand eine Fischsauce, die ähnlich ist.

Wie glaubst du, haben die Römer ihre Speisen gekocht? Es hat damals noch keinen praktischen Elektroherd gegeben, sondern nur einen Herd mit offenem Feuer. Außerdem kannten die Römer viele Nahrungsmittel noch nicht, die für uns heute selbstverständlich sind. Beispiele sind Kartoffeln, Reis, Tomaten, Paprika, Mais – alles Nahrungsmittel, die erst nach der Entdeckung Amerikas um 1492 nach Christus nach Europa gekommen sind. Die Römer mussten sich also mit viel weniger begnügen. Außerdem hat es keinen Supermarkt gegeben, wo man schnell etwas einkaufen konnte. Alles war viel mühsamer zu besorgen. Deshalb sollten wir für unser heutiges bequemes Leben wirklich dankbar sein!

Wenn du an einen Römer denkst, hast du mit Sicherheit ein bestimmtes Bild vor Augen. Die Kleidung eines Römers ist einfach unverkennbar! Das wichtigste Kleidungsstück eines römischen Bürgers war die Tunika. Dieses rechteckige Tuch aus Wolle oder Leinen wurde sowohl von Männern als auch von Frauen getragen.

Kannst du dir eine Kleidung ohne Reißverschluss oder Knöpfe vorstellen? Der Reißverschluss wurde überhaupt erst 1851 nach Christus erfunden. Das ist noch gar nicht so lange her. Die Tunika wurde einfach um den Körper gewickelt und an den Schultern mit langen Nadeln, den sogenannten Fibeln, oder mit schönen Broschen verbunden. Während die reichen römischen Bürger lange Tuniken getragen haben, war es bei den Handwerkern und Bauern meistens eine kurze Tunika. Mit der kurzen Tunika kann man besser arbeiten. Um die Hüfte trug man eine Schnur oder einen Gürtel. Die Römer hatten keinen Pyjama und kein Nachthemd, sondern schliefen auch in der Tunika.

Über der Tunika wurde eine Toga getragen. Die Toga war ein typisches Kleidungsstück der reichen Patrizier und des Kaisers. Sie war sehr unpraktisch, oft bis zu sechs Meter lang, deshalb konnte man damit keine schweren Arbeiten verrichten. Aber die Patrizier hatten sowieso ihre Sklaven und Diener, die für sie arbeiteten. Im Gegensatz zur Tunika war das Anlegen der Toga ziemlich aufwendig. Der Stoff wurde kunstvoll in Falten über die Schulter gelegt. Vornehme Frauen kleideten sich statt mit einer Toga lieber mit einer Stola.

Hatten die Römer auch Unterwäsche an? Aber ja! Unter der Tunika trugen römische Männer und Frauen einen einfachen Lendenschurz aus Stoff. Sogar eine Art BH hat es für die Frauen bereits gegeben: eine Brustbinde. Sklaven, die auf dem Feld arbeiteten, hatten meistens überhaupt nur einen Lendenschurz an. Ein Haussklave konnte je nach Stand seines Herrn eine bessere Kleidung tragen. Allerdings durfte sich ein Sklave nie mit einer Tunika oder Toga kleiden, denn das war das Markenzeichen der echten römischen Bürger. An den Füßen trugen die Römer geschnürte Sandalen. In der kalten Jahreszeit wurden zusätzlich Strümpfe angezogen.

Natürlich hat es auch damals schon verschiedene Trends und Modeerscheinungen gegeben. Die größten Vorbilder in Sachen Mode waren die Griechen und die Ägypter. Nicht nur griechische oder ägyptische Kleidung oder Schmuck wurden gerne übernommen, sondern auch Frisuren. Natürlich waren die Frisuren der Frauen viel kunstvoller als die der Männer. Schon damals haben sich Frauen geschminkt. Gesellschaftlich sehr angesehen waren Sklavinnen, die ihren Herrinnen am besten herausputzten. Es entwickelten sich richtige Wettstreits unter den Sklavinnen um die schönsten Make-ups und Frisuren. "Für diese Sklavinnen hat es sogar eine eigene Bezeichnung gegeben: Sie waren die „Ornatrices", die „Schmückenden"."

4.7. In den Bädern und auf dem Marktplatz trifft man sich

Kannst du dir ein Leben ohne Fernseher, ohne Handy und ohne Computer vorstellen? Nein? Aber die Römer haben genau so ein Leben geführt. Du fragst dich sicher: Was macht man dann überhaupt die ganze Zeit, wenn man ein Patrizier ist und nicht körperlich arbeitet? Am Vormittag haben die Patrizier ihre Geschäfte erledigt und Senatssitzungen besucht. Nach dem Mittagessen widmeten sie sich der Körperpflege und trafen sich in den Badehäusern und in den berühmten römischen Thermen. Das Wort Therme kommt vom griechischen „thermos“, was so viel bedeutet wie „warm“. Ein Besuch im Badehaus wurde dann oft mit Geschäftlichem kombiniert, denn man begegnete dort ebenso anderen Patriziern. Es hat sowohl getrennte Frauenbäder und Männerbäder gegeben als auch gemischte Bäder.

Die römischen Thermen waren hochspezielle Gebäude, denn sie wurden mit Warm- und Kaltwasserleitungen, mit Fußbodenheizung und Wandheizung ausgestattet. Es gab mehrere unterschiedliche Räume, die meistens mit kunstvollen Mosaiken ausgekleidet waren. Die Römer galten als Meister der Baukunst und verbreiteten die Thermen über alle eroberten Provinzen. Es gibt mit Sicherheit auch in deiner Nähe eine ehemalige römische Siedlung, die eine Therme hatte. Alleine in der Stadt Rom hat es elf öffentliche Thermen und mehr als 800 bekannte Privatbäder gegeben. Fast jeder Kaiser hat eine eigene prunkvolle Thermenanlage erbaut. Die größte je gebaute Kaisertherme ist die Diokletian-Therme, die 30 Fußballfelder groß war. In den Räumen hatten bis zu 3.000 Badegäste Platz.

Vor allem in den öffentlichen Badehäusern war der Eintritt nicht sehr teuer, deshalb konnten es sich auch weniger reiche Bürger leisten, dort baden zu gehen. Du darfst nicht vergessen: In den meisten römischen Wohnhäusern gab es kein Badezimmer mit Badewanne oder Dusche. Den Luxus des fließenden Wassers kennen wir erst heute. In den Thermen konnte man Neuigkeiten austauschen, plaudern und sich entspannen. Auch Klatsch und Tratsch wurde hier verbreitet. Immerhin hat es noch keine Zeitung gegeben. Wie sollte man sonst die neuesten Geschichten über das Kaiserhaus, über Intrigen der Oberschicht oder über die Erfolge der römischen Armee erfahren?

Statt Seife verwendeten die Römer zur Reinigung des Körpers Olivenöl. Die Haut wurde mit dem Olivenöl eingeschmiert und anschließend mit einer Art Striegel oder mit einem Schaber inklusive Schmutz von der Haut gezogen. In den Badehäusern widmeten sich die Römer mehrere Stunden der Körperpflege.

Ein weiterer wichtiger Treffpunkt, um Neuigkeiten und den aktuellen Tratsch zu erfahren, war der Marktplatz. In jeder Stadt, die von den Römern erbaut wurde, hat es einen zentralen Platz, das Forum, gegeben. In der Stadt Rom hieß dieser Platz Forum Romanum. Rund um den zentralen Platz standen die wichtigsten Verwaltungsgebäude, wie das Senatsgebäude, und die Tempel für die Götter. Am Forum Romanum gab es auch das Staatsgefängnis, der Carcer Tullianus, von dem sich unser Wort „Kerker“ ableitet. Bevor es eigene Gerichtsgebäude gegeben hat, wurden am Forum oft auch Gerichtsverhandlungen abgehalten. Davon stammt unser heutiges Wort für die Gerichtsmedizin: „Forensik“. Natürlich durften die Verkaufsstände der Händler nicht fehlen, die lauthals verkündigten, welche Waren sie verkauften. Oft waren die Verkaufsstände in mächtigen Hallen mit Säulen untergebracht, den Basilicae. Außerdem hat es am Forum viele Denkmäler für wichtige Persönlichkeiten gegeben.

4.8. Brot und Spiele – Gladiatoren und exotische Tiere

Neben den Thermen und dem Marktplatz war das Amphitheater einer der beliebten Treffpunkte der Römer. Dort fanden auch die Gladiatorenspiele statt. Allerdings konnte ein normaler römischer Bürger nur mit Beziehungen zu einem begehrten Ticket kommen. Nicht nur wegen der Gladiatorenkämpfe kamen die Römer ins Amphitheater, sondern auch wegen der Lotterie. Das hat so funktioniert: Ein Angestellter des Theaters warf Holzkugeln in die Menge und wer eine fangen konnte, durfte sich über einen Gewinn freuen. Je nachdem, welche Zahlen oder welche Zeichen auf den Kugeln eingeritzt waren, konnte man entweder Lebensmittel, Kleidung, Gold- und Silbergefäße, Pferde und sogar Sklaven gewinnen.

Das Kolosseum in Rom

Auch die Amphitheater sind typische Gebäude, die heute überall ausgegraben werden, wo eine römische Siedlung stand. In der Hauptstadt Rom stand das größte Amphitheater des Römischen Reiches: das Kolosseum. Die Römer nannten es damals allerdings nicht Kolosseum, sondern Amphiteatrum Flavium – benannt nach der Kaiserdynastie der Flavier. Das Kolosseum ist heute eines der berühmtesten Sehenswürdigkeiten Roms und ein Wahrzeichen der Stadt. Das runde, monströse Gebäude hat insgesamt 80 Eingänge. Etwa 50.000 Menschen konnten dort gleichzeitig den Wettkämpfen, wie Wagenrennen und Gladiatorenspielen, zusehen. Noch immer staunen die Archäologen, mit was für einem ausgeklügelten technischen System die Römer hier schon gearbeitet haben. Es gab Hebebühnen, Falltüren, Aufzüge und Rampen, die aus dem Untergrund gezogen wurden, und ein verzweigtes System an Gängen und Tunneln.

Ein Gladiator mit Helm, Schild, Beinschienen und Schwert

Zu den beliebtesten Wettkämpfen gehörten die Gladiatorenkämpfe. Das Wort Gladiator stammt vom lateinischen Wort „gladus“ = Schwert. Die Wettkämpfe wurden von wohlhabenden Patriziern finanziert oder vom Kaiser. Dadurch konnten sie sich beim Volk beliebt machen. Es gab sowohl Berufsgladiatoren als auch Sklaven und Kriegsgefangene, die als Gladiatoren gegeneinander kämpfen mussten. Von Zeichnungen auf Steinen wissen wir, dass es auch zwischendurch ein paar weibliche Gladiatorinnen gegeben hat. Die Kämpfer, die oft gewonnen haben, genossen beim Volk ein hohes Ansehen. Sie waren damals richtige Popstars und hatten viele Fans. Es hat sogar eigene Gladiatorenschulen gegeben, die ebenfalls von reichen Patriziern finanziert wurden. Man konnte sich von den Schulen einen Gladiator gegen Bezahlung ausleihen. Diese kampferprobten Männer waren mutig und hatten wenig zu verlieren.

Wie hat so ein Kampftag im Kolosseum ausgesehen? Am Vormittag fanden die Tierkämpfe statt – sogenannte Bestiarii kämpften gegen verschiedene Tiere, darunter auch Stiere, Löwen und Elefanten. Danach folgten meistens Zirkusnummern mit exotischen Tieren wie Giraffen und Bären. Am Nachmittag marschierten die Gladiatoren ein und mussten sich dem Publikum präsentieren. Noch vor dem eigentlichen Gladiatorenkampf traten Patrizier mit hölzernen Waffen zum Schaukampf gegeneinander an. Dann folgte endlich der richtige Gladiatorenkampf. Wenn einer der Gladiatoren verloren hatte, entschied der jeweilige Veranstalter der Kämpfe, ob dieser weiterleben durfte oder nicht. Wenn er den Daumen nach oben richtete, durfte der Gladiator weiterleben, wenn er den Daumen nach unten hielt, wurde der Gladiator zum Tode verurteilt. Der Kaiser übertrug das Recht, über Leben und Tod zu entscheiden, dann oft an das Publikum.

Römer im Streitwagen

Zu den berühmtesten Gladiatoren gehörte Spartacus, von dem wir schon zuvor bei den Sklavenaufständen gehört haben; Flamma, dem sogar vier Mal die Freiheit geschenkt wurde, die er aber ablehnte, und Kaiser Commodus – ja, du hast richtig gelesen! Sogar ein Kaiser hat einmal als Gladiator in der Arena gekämpft. Andere Kaiser nahmen lieber an den spannenden Wagenrennen teil, die ebenfalls immer ziemlich gut besucht waren. Ein Streitwagen hatte nur zwei Räder und wurde oft von bis zu sechs Pferden gezogen. Ganz schön schwierig, da das Gleichgewicht zu halten.

V

Die wilde Götterhorde

Die Römer glaubten an eine fast unüberschaubare Anzahl von Göttern, denn für sie hatte alles in der Natur eine eigene Seele. Die meisten dieser Götter übernahmen die Römer von den Griechen und verpassten ihnen dann einfach andere Namen. Ein Beispiel ist der Göttervater Jupiter, der bei den Griechen Zeus hieß. So gab es zum Beispiel einen Gott für die Sonne namens Helios, eine Göttin für den Mond namens Luna, eine Erdgöttin namens Tellus Mater und so weiter.

Jeder Gott hatte so seine Eigenheiten und die Römer haben sich spannende Geschichten zu jedem Gott ausgedacht. Da ist es oft ganz schön rundgegangen. Die Götter stritten oft untereinander, bis die Fetzen flogen. Was für uns heute einfach nur unterhaltsame Erzählungen sind, war für die Römer real. Das heißt, die Römer haben wirklich an diese Geschichten geglaubt. Jeder Gott hatte seine eigenen Kennzeichen. So konnte jeder bei einer Statue eines Gottes gleich sehen, welcher das war. Jupiter hatte beispielsweise meistens ein Bündel Blitze in der Hand oder wurde von einem Adler begleitet. Der Meeresgott Neptun ist immer mit dem sogenannten

Dreizack abgebildet. Einige weitere lernst du im Kapitel 5.3. „Wie erkennst du einen römischen Gott?“ kennen. Weil es so unglaublich viele Götter gegeben hat, können wir hier nur ein paar der wichtigsten kennenlernen.

Hast du vielleicht schon vom Olymp gehört? Der Olymp war die Heimat der griechischen und auch der römischen Götter. Deshalb werden sie auch die olympischen Götter genannt. Dürfte wohl recht eng geworden sein dort oben. Der Berg Olymp existiert wirklich und ist das höchste Gebirge in Griechenland. Zur Zeit der Griechen und Römer war dieser Berg heilig. Die Römer haben sich die Wohnung der Götter wie einen lichtdurchfluteten Palast vorgestellt.

Die ägyptische Göttin Isis

Als das Römische Reich immer größer wurde, kamen die Römer mit verschiedenen anderen Göttern in Kontakt. Nicht selten wurden fremde Götter einfach in die römischen Göttergeschichten integriert. Sehr verehrt wurde beispielsweise die ägyptische Göttin Isis.

5.1. Der Göttervater und die Olympischen Götter

Der Name der obersten Gottheit und gleichzeitig Göttervater aller anderen Götter war Jupiter. Sein voller Name lautete Iuppiter Optimus Maximus (bester und größter Jupiter). Jupiter konnte oft seine Gestalt wechseln und sich sowohl in Menschen als auch in Tiere, in andere Götter oder in einen Gegenstand verwandeln. Damit trickste er andere Götter und die Menschen oft aus. Obwohl Jupiter mit Juno verheiratet war, hatte er viele Liebschaften mit anderen Frauen.

Die Liebhaberinnen des Jupiter bekamen dann oft die Wut von Juno zu spüren. Mit einigen dieser Frauen hatte Jupiter auch Kinder, wie den berühmten Herkules. Vielleicht hast du ja schon von den unglaublichen Heldentaten des starken Herkules gehört. Herkules musste als Strafe zwölf fast unlösbare Aufgaben erfüllen, wie zum Beispiel ein paar Ungeheuer töten und sogar fleischfressende Pferde einfangen. Keine Angst, fleischfressende Pferde gibt es nicht wirklich – die haben sich die Römer nur ausgedacht.

Kennst du noch jemanden, der Jupiter heißt? Ja richtig, ein Planet im Weltall trägt den Namen des Göttervaters.

Der Halbgott Herkules kämpft gegen das vielköpfige Ungeheuer Hydra.

Während sich sonst jeder Römer selbst aussuchen konnte, welche der Götter er besonders verehrte, gehörte Jupiter zu den sogenannten Staatsgöttern, die jeder Römer verehren musste. Das heißt, es hat eigene staatliche Veranstaltungen gegeben, an denen jeder Römer teilnehmen musste. So wie wir alle gemeinsam an einem bestimmten Tag Weihnachten und die Geburt von Jesus Christus feiern, haben alle Römer gemeinsam an bestimmten Tagen den Gott Jupiter gefeiert. Zu solchen Feierlichkeiten gab es aufwendige Prozessionen, es wurde getanzt und dem Gott Jupiter wurden Gaben geopfert.

Die Ehefrau von Jupiter, die Göttin Juno, wurde als Göttin der Geburt, der Fürsorge und der Ehe verehrt. Meistens wird sie in

Begleitung eines Pfaus dargestellt, der als Symbol der Schönheit und Liebe gilt.

Neben Jupiter gehören noch elf weitere Gottheiten zu den römischen Staatsgöttern. Sehr verehrt wurde der Kriegsgott Mars, da die Römer oft Krieg geführt haben. Er war der Sohn von Jupiter und Juno. Mars soll auch der Vater der Zwillingsbrüder Romulus und Remus gewesen sein. Kannst du dich noch erinnern, was die beiden Brüder Wichtiges getan haben? Falls nicht, dann lies am besten einfach im Kapitel 1. „Die Gründung Roms" nach. Der Monat März ist übrigens dem Gott Mars geweiht. Wie du siehst, sind die römischen Götter noch immer präsent.

Jupiter hatte auch ein ausgesprochenes Lieblingskind, das war die Göttin Minerva. Sie war sehr schön und wollte nie einen Ehemann an ihrer Seite haben. Deshalb hatte sie genügend Zeit und Energie, sich vielen verschiedenen Interessen zu widmen. Das heißt, sie war nicht nur die Göttin der Weisheit, sondern ebenso die Göttin der taktischen Kriegsführung, womit sie ihrem Bruder, dem Kriegsgott Mars, öfter Konkurrenz gemacht hat, die Göttin der Kunst, des Schiffbaus, Hüterin des Wissens und die Schutzpatronin der Handwerker. Minerva war aber auch bekannt dafür, dass sie schnell eingeschnappt war, was oft böse für denjenigen enden konnte, der sie beleidigt hatte. Zum Beispiel verwandelte Minerva eine Konkurrentin, die besser weben konnte als sie selbst, einfach in eine Spinne.

Interessant ist auch die Liebesgöttin Venus. Von ihr gibt es ein weltweit bekanntes Bild, das der italienische Maler Sandro Botticelli gemalt hat. Es heißt „Die Geburt der Venus“ und zeigt die bezaubernde Göttin in einer Muschelschale. Venus soll nämlich aus dem Schaum des Meeres geboren worden sein, deshalb wird sie oft die Schaumgeborene genannt. Ist das nicht eine schöne Erzählung? Venus war die Göttin der Liebe, der Schönheit, des Liebreizes und der Gärten. Angeblich war die griechische Version von Venus, also Aphrodite, gemeinsam mit den Göttinnen Pallas und Hera Schuld am Ausbruch des Trojanischen Krieges. Die Göttinnen konnten sich nicht entscheiden, wer die Schönste von ihnen war. Der sterbliche Mensch Paris sollte die Entscheidung treffen und Aphrodite versprach ihm als Dank, wenn er sie wählen sollte, die schönste Frau der Welt als Geschenk. Das war zu dieser Zeit die schöne Helena von Troja. Diese Entscheidung ist als „das Urteil des Paris“ in die Geschichte eingegangen. Als Paris die schöne Helena schließlich mit der Hilfe von Aphrodite raubte, lösten sie damit den Trojanischen Krieg aus.

Venus war unfreiwillig mit Vulcanus, dem Gott des Feuers, verheiratet. Jupiter hatte die beiden einfach verheiratet, um sich damit bei Vulcanus zu entschuldigen. Der Grund war ein heftiger Streit zwischen den beiden Göttern gewesen, bei dem Jupiter den Vulcanus ziemlich brutal aus dem Olymp geschmissen hatte. Dabei soll sich Vulcanus so schwer verletzt haben, dass er ab da nur noch humpeln konnte. Als Wiedergutmachung gab Jupiter ihm deshalb die schöne Venus zur Frau. Vulcanus, einer der besten Schmiede der

Weltgeschichte, der auch die fast unzerstörbaren Waffen der Götter hergestellt hat, war ein etwas unansehnlicher Mann und Venus war nicht wirklich glücklich mit ihm. Deshalb hatte sie neben Vulcanus viele Liebhaber.

Hast du schon einmal vom Raumschiff Apollo gehört und weißt du, woher der Name stammt? Auch Apollo war ein griechischer Gott, den die Römer als Apollon übernommen haben. Dem goldgelockten, jugendlichen Gott hatten es vor allem die schönen Künste angetan. Er war der Gott der Dichtkunst, der Musik und des Gesangs. Außerdem war er der Besitzer des heiligen Orakels im griechischen Delphi. Das Orakel konnte die Zukunft voraussagen, allerdings meistens in Form von rätselhaften Aussagen und Zeichen, die dann jeder selber für sich deuten musste. Wenn man Glück hatte, wurde man bei der Deutung von den Priestern des Orakels unterstützt. Das Orakel von Delphi hat es wirklich gegeben und es existierte bis zum Ende des Römischen Reiches. Auch heute noch suchen viele Menschen nach Antworten bei Hellsehern, Kartenlegern und sogar bei Fernsehgurus.

Apollon war zwar ein Sohn des Jupiter, aber seine Mutter war nicht Jupiters Ehefrau Juno, sondern die Titanin Leto. Die Titanen waren so groß wie Riesen und die eigentlichen Herrscher der Götterwelt, bevor Jupiter sie alle vom Thron stieß. In Leto hatte sich Jupiter verliebt. Die arme Leto wurde aber von der eifersüchtigen Juno über die ganze Welt gehetzt. Leto konnte sich schließlich auf die schwimmende Insel Delos retten, wo sie Apollon zur Welt brachte.

Der schöne Gott hatte natürlich auch einige Liebhaberinnen, mit denen er insgesamt 16 Kinder hatte. Apollon hatte eine Zwillingsschwester namens Diana, die Göttin der Jagd. Die Göttin mit Pfeil und Bogen, die niemals mit einem Mann zusammensein wollte, war die Beschützerin von Frauen und Mädchen. Als es einmal ein Mann wagte, ihr beim Baden zuzusehen, verwandelte sie ihn kurzerhand in einen Hirsch.

5.2. Wer sind die Laren und Penaten?

Jetzt haben wir die wichtigsten der zwölf olympischen Götter kennengelernt. Die Römer glaubten aber an eine unüberschaubare Anzahl von Göttern und Geistern. Wo haben die wohl gewohnt? Da für die Römer jeder Baum, jeder Fluss und sogar jede Wegkreuzung eine eigene Seele hatte, wohnten die übrigen Götter und Geister im jeweiligen Baum, im jeweiligen Fluss und an der jeweiligen Wegkreuzung. Diese Ortsgötter wurden Laren genannt. Je nachdem, welchen Ort sie beschützten, wurde ihnen ein Beiname gegeben. Es gab zum Beispiel die Lares Loci, die für einen bestimmten Ort zuständig waren, die Lares Publici für eine ganze Ortschaft und die Lares Familiares, die Schutzgeister einer Familie. Die Lares Familiares gehörten zu den Hausgöttern, ebenso wie die Penaten. Die Penaten waren allerdings hauptsächlich für eine gut gefüllte Vorratskammer zuständig.

Man glaubte, dass es sich bei den Laren und Penaten um die Seelen der Vorfahren handelte. Für die Hausgötter wurde ein eigener

Hausaltar aufgestellt. Um die Geister dazu zu bewegen, das Haus zu schützen, stellte man für sie jeden Tag etwas zu essen auf den Altar. Deshalb gab es auch an vielen Wegkreuzungen einen kleinen Altar, wo die Menschen für die Schutzgötter Essen hinstellten. Wenn die Familie in ein neues Haus umzog, wanderten die Laren und Penaten einfach mit. Ein römischer Dichter hat sich auf der Bühne einmal als Lare verkleidet und folgenden Satz gesagt: „Ich bin der Lar Familiaris des Hauses, aus dem ihr mich habt treten sehen. Dieses Haus besitze und hege ich schon viele Jahre, schon für den Vater und Großvater dessen, der es jetzt bewohnt." Die Lares Publici konnten, wie gesagt, eine ganze Ortschaft beschützen. Viele Ortschaften haben heute christliche Schutzpatrone, bei den Römern waren diese Schutzpatrone die Laren.

Die Laren stellte man sich meistens tanzend mit Musikinstrumenten oder mit einem Füllhorn vor. Ein Füllhorn ist ein trichterförmiger Korb, der zur Weinlese verwendet wurde und als Fruchtbarkeitssymbol galt.

5.3. Wie erkennst du einen römischen Gott?

Die Römer stellten überall im Römischen Reich viele Statuen ihrer Götter auf, malten Bilder von den Göttern an die Wände und gestalteten kunstvolle Mosaikböden, welche die Götter bei ihren Taten zeigten. Damit jeder gleich wusste, um welchen Gott es sich da handelte, besaß jeder Gott bestimmte Gegenstände,

Waffen, Frisur und Kleidungsstücke, durch die man ihn eindeutig erkannte.

Jupiter, der nicht nur der Göttervater war, sondern auch ein Wettergott, ist an dem Blitzbündel in seiner Hand erkennbar. Er wird auch oft von einem Adler begleitet, denn ein Adler hat Jupiter einmal gerettet, als er gegen das schlangenartige Ungeheuer Typhon kämpfen musste. Alle anderen Götter hatten sich in Tiere verwandelt und waren ängstlich geflüchtet. Nur Jupiter stellte sich dem Ungeheuer. Zwischendurch musste er sogar zurück zum Olymp, um sich neue Blitze zu besorgen, denn Typhon hat ihm diese immer wieder mit seinen zahlreichen Greifarmen weggenommen. Zum Schluss konnte Jupiter das Ungeheuer unter dem Vulkan Ätna auf Sizilien einsperren. Immer, wenn der Vulkan ausbricht, ist es Typhon, der das Feuer ausspuckt.

Eine recht lustige Bekleidung hatte Merkur, der Götterbote und gleichzeitig Gott der Händler und Diebe. Er war der Sohn von Jupiter und der Titanin Maia. Das Erkennungszeichen des Merkur ist der Hermesstab (ein Stab mit Flügeln), die Flügelschuhe und ein Helm mit Flügeln. So konnte er blitzschnell von einem Ort zum anderen fliegen. Merkur war schon als Kind ein gewiefter Junge, der so manchen Schabernack ausheckte. Er konnte noch nicht einmal richtig laufen, da stahl er seinem Halbbruder Apollon eine ganze Rinderherde. Ganz unschuldig legte er sich dann wieder in die Wiege und beteuerte seinem Bruder, dass er als kleines Wickelkind nicht einmal wisse, wie eine Kuh aussieht. Dann stahl

Merkur dem Apollon aber noch Pfeil und Bogen, was einfach zu viel war für den armen Gott der Weisheit. Um den wütenden Apollon zu besänftigen, spielte Merkur auf einer Leier. Das gefiel Apollon so gut, dass er in einen Tausch einwilligte: Merkur durfte die Rinderherde behalten und Apollon bekam die Leier. Immerhin war er der Gott der Künste.

Da die Römer gerne Wein tranken, gab es natürlich auch einen Gott des Weines. Diese Aufgabe übernahm der Gott Dionysos. Der Vater von Dionysos war … na, wer glaubst du? Natürlich der Göttervater Jupiter. Wer allerdings seine Mutter war, das weiß keiner mehr so genau. Manche glauben sogar, dass es eine menschliche Frau gewesen sein könnte. Dann wäre Dionysos der einzige Gott, der eine menschliche Mutter hatte. Als Gott des Weines waren seine Erkennungszeichen natürlich die Weinreben und Trauben. Oft hat er noch ein Trinkgefäß in der Hand, den sogenannten Kantharos. Eine ganze Schar von Frauen, die Mänaden, begleiteten Dionysos auf seinen Reisen. Die Feierlichkeiten, die von den Römern zu Ehren von Dionysos veranstaltet wurden, waren immer ziemlich ausschweifend. Jeder durfte da tun und lassen, was er wollte – so wie der Gott selbst eben.

Der Meeresgott Neptun mit dem Dreizack

Noch ein paar römische Götter mit ihren typischen Gegenständen, wie der Meeresgott Neptun mit dem Dreizack, die Jagdgöttin Diana mit Pfeil, Bogen und in Begleitung eines Hundes oder der Unterweltgott Hades mit dem dreiköpfigen Höllenhund

5.4. Die Götter muss man milde stimmen

Für die wichtigsten Götter errichteten die Römer mächtige Tempel. Göttertempel gibt es in jeder Religion. Im Christentum ist das zum Beispiel eine Kirche. Die kleineren römischen

Gottheiten, wie die Laren und Penaten, mussten sich meistens mit einem Altar zufriedengeben. Das gesamte Grundstück, auf dem ein Tempel errichtet wurde, hieß Templum und gehörte rein rechtlich der jeweiligen Gottheit. Das Gebäude selbst war sozusagen die Wohnung eines Gottes. In einem solchen Tempel standen Statuen der Gottheit, auf Mosaiken und Wandmalereien waren oft verschiedene Geschichten des Gottes oder der Göttin aufgezeichnet. Weil es damals noch kein elektrisches Licht gegeben hat, waren die Räume mit Fackeln und Kerzen hell erleuchtet. Nur ein Priester durfte die Wohnung eines Gottes betreten. Alle Feierlichkeiten fanden deshalb immer vor dem Tempelgebäude im Freien statt.

Auf einem Altar, der ebenfalls vor dem Tempel stand, stellten die Menschen der Gottheit Opfergaben, also Geschenke, hin. Das konnte Essen, Olivenöl, Wein, Milch oder auch Tiere sein. Weihrauch war auch eine beliebte Opfergabe. Und der duftet noch dazu sehr gut. Deshalb hat es wahrscheinlich in der Umgebung eines Tempels immer sehr gut gerochen. Je nachdem, was geopfert wurde, nennt man das Speiseopfer, Trankopfer oder Tieropfer. Damit wollten sie den jeweiligen Gott auf sich aufmerksam machen, ihn um Hilfe, Glück und Segen bitten. Im Römischen Reich gab es einen eigenen Beamten, der dafür zuständig war, den Willen der Götter zu deuten: den Augur. Die Auguren waren keine Priester, aber die Römer glaubten, dass diese Männer durch das Beobachten von Vögeln herausfinden konnten, was die Götter gerade dachten und ob sie ihre Zustimmung zu einem bestimmten Ereignis, wie den Tempelbau, gaben.

Ein Augur war deshalb auch für die Auswahl eines Platzes für den Bau eines Tempels verantwortlich. Mit einem Stab zeichnete der Augur zuerst am Boden den Umriss eines Tempels vor und wartete dann ab, wie denn die Vögel in der Umgebung reagierten. Wie hoch sie flogen, ob sie schrien und wie viele Vögel unterwegs waren. Das muss ja eine ziemlich aufregende Aufgabe gewesen sein – den ganzen Tag Vögel beobachten. Wenn ein Tempel fertig gebaut war und vom Augur offiziell der Gottheit übergeben wurde, fand immer ein aufwendiges Fest statt, bei dem die Römer oft mehrere Tage so richtig feierten. Warum denkst du, wurden gerade Vögel als Botschafter der Götter befragt? Die Römer glaubten, da die Vögel ja fliegen können, sind sie den Göttern am nächsten, also Gesandte des Himmels. Nach welchen Regeln die Auguren das Verhalten der Vögel beurteilten, war ein Geheimnis, das nur ein Augur kannte.

Am zentralen Platz in Rom, dem Forum Romanum, gab es gleich mehrere Tempel. Dort stand auch der Tempel für den Gott Saturn – er ist der Gott der Aussaat und der Landwirtschaft. Im Tempel des Saturn bewahrten die Römer die Staatskasse des Römischen Reiches auf, also alle ihre Schätze. Zu Ehren des Gottes Saturn fand einmal im Jahr eine der größten Feiern der Römer statt: die Saturnalien. Sie dauerten mehrere Tage und wurden im Dezember gefeiert, nachdem die Bauern die Wintersamen auf den Äckern ausgesät hatten.

Einer der wichtigsten Tempel aber, der für die drei Stadtgötter Jupiter, Juno und Minerva erbaut wurde, stand am Kapitolshügel. Du erinnerst dich vielleicht daran, dass Jupiter der höchste Gott und Göttervater der wichtigsten römischen Götter war, Juno seine eifersüchtige Ehefrau und Minerva seine Lieblingstochter. Immer, wenn die Römer mit der Armee siegreich von einem Krieg heimkehrten, marschierten die Soldaten in einem Triumphzug zum Tempel und brachten den drei Göttern als Dankeschön ein Opfer. Ein Triumphzug war wie eine Art Siegerehrung. Vor dem Tempel von Jupiter, Juno und Minerva fand auch immer die Amtseinsetzung eines Konsuls statt. Natürlich musste den Göttern da ebenfalls einiges an Geschenken geopfert werden.

5.5. Der Pontifex Maximus und die Vestalinnen

Jeder römische Gott und jede römische Göttin hatte eigene Priester. Die Priester waren sehr angesehen, denn sie waren immerhin dafür zuständig, dass die jeweilige Gottheit den Menschen gegenüber nett ist, nicht wütend wird und die Menschen beschützt. Nur ein Priester durfte den Tempel, also die Wohnung eines Gottes, betreten. In lateinischer Sprache hieß ein Priester Pontifex, was von „pontem facere“ („eine Brücke bauen“) abgeleitet ist. Die Priester bauten sozusagen eine Brücke zwischen den Menschen und den Göttern. Es gab auch einen Oberpriester, das war der Pontifex Maximus.

Diese Funktion übte der oberste Staatsherr aus – in der Zeit der Monarchie war das der König, in der Zeit der Republik war es der Konsul und in der Kaiserzeit war es der Kaiser. Auch heute noch wird das Wort Pontifex für den katholischen Papst verwendet.

Weibliche Götter hatten meistens ebenfalls männliche Priester. Eine Ausnahme waren die Priesterinnen der Göttin Vesta. Man nannte sie Vestalinnen und sie wohnten direkt im Tempel der Vesta auf dem Forum Romanum. Die Göttin Vesta ist eine der ältesten römischen Gottheiten. Sie war für das Herdfeuer zuständig und beschützte deshalb auch das Zuhause eines Menschen. Die Priesterinnen der Vesta hatten die Aufgabe, das Feuer im Tempel niemals ausgehen zu lassen, denn das Feuer der Vesta war ein Symbol für die Stabilität und den Fortbestand des Römischen Reiches.

Die Vestalinnen wurden oft schon in einem Alter von sechs Jahren der Göttin Vesta als Priesterin übergeben. Sie durften nicht heiraten, mussten mindestens 30 Jahre lang im Tempel wohnen und der Göttin Vesta dienen. Erst nach ihrem Dienst, also nach 30 Jahren, durfte sich eine Vestalin einen Ehemann suchen. Weil nicht viele Familien bereit waren, ihre Töchter freiwillig als Priesterin weihen zu lassen, wählte der Pontifex Maximus einfach selbst Mädchen aus. Wenn ein Mädchen dafür geeignet war, nehmen wir mal an, das Mädchen hieß Amata, legte der Pontifex Maximus ihr die Hand auf und sagte folgenden Spruch: „Dich, Amata, ergreife ich als vestalische Priesterin, die die heiligen Handlungen ausführen soll, wie sie die Vestalin nach Recht und Gesetz zum Wohle des römischen Volkes und der gesamten Bürgerschaft auszuführen hat.“

5.6. Der Gott Hades und die Unterwelt

Friedhof ist nicht gleich Friedhof. Ist ein Friedhof bei uns heute auf einem eingegrenzten Stück Land durch Mauern abgeschottet, lagen die Friedhöfe der Römer für jeden sichtbar entlang der Hauptverkehrsstraßen. Allerdings außerhalb der Stadt. Ein solches Gräberfeld konnte dann mehrere Kilometer lang sein. Das konnte eine ganze Totenstadt sein, also eine Nekropole, oder einzelne Familiengräber. Auf einem römischen Friedhof sah es fast wie in einer Stadt aus, denn die Gräber waren rechteckig und mit Mauern drumherum gebaut, als wären es Häuser. Die Römer glaubten, dass ihre Verstorbenen durch die Grabinschriften mit ihnen sprechen. Deshalb wurde auf einem römischen Grabstein immer sehr viel über den Verstorbenen geschrieben, was derjenige gearbeitet hat, wessen Kind er war und ob er ehrgeizig, immer gottesfürchtig und nett war.

Wie bei uns heute auch, hat es für jeden Verstorbenen eine Trauerprozession gegeben. Was es heute bei uns allerdings nicht mehr gibt, sind die professionellen Klageweiber. Sie wurden von der Familie des Verstorbenen engagiert, um den Trauerzug laut weinend zu begleiten. Je nachdem, wie angesehen der Verstorbene war, spielten oft noch Musiker während der Prozession. Außerdem wurden die Titel und Erfolge des Verstorbenen laut vorgelesen. Da die Römer an ein Weiterleben nach dem Tod glaubten – für sie war der Tod nur eine weitere Station auf der Reise einer Seele –, gaben sie ihren Verstorbenen viele Grabbeigaben mit. Diese Beigaben waren meistens praktische Dinge, die ein Verstorbener im Reich der Toten vielleicht gebrauchen konnte. Beliebte Grabbeigaben waren zum Beispiel Geschirr, Trinkbecher, Werkzeuge, Kleidung und Sachen, die der Verstorbene gerne hatte.

Wichtig war die Münze, die man einem Verstorbenen auf die Augen legte, damit er die Schiffsfahrt in die Unterwelt bezahlen konnte. Das Reich der Toten wurde vom Unterweltgott Hades bewacht. Auch die Unterwelt selbst wurde als Hades bezeichnet. Hades ist einer der wenigen griechischen Götter, bei dem sich die Römer wohl nicht getraut haben, ihm einen anderen Namen zu geben. In ihrer Vorstellung war es so: Um in die Unterwelt zu gelangen, müssen die Verstorbenen irgendwie über den Unterweltfluss Styx gelangen. Das ist nur mithilfe des alten Fährmanns Charon möglich. Wenn der Verstorbene dem Charon eine Münze gibt, nimmt er ihn in seinem Boot mit. Die Römer glaubten daran, dass es wirklich einen echten Eingang in den Hades gibt. Es handelt sich dabei um eine Schlucht in der griechischen Region Epirus. Unter der Herrschaft der Römer war das die Provinz Macedonia. Durch diese mystische Schlucht fließt der Fluss Acheron, der die Unterwelt von der Oberwelt trennt. Die Schlucht selbst wird auch als „die Engen des Acheron" bezeichnet. Wie der Fährmann Charon übrigens zu seinem Job gekommen ist, weiß heute niemand mehr so genau. Er ist ja wohl auch schon sehr alt. Wahrscheinlich weiß er es selbst nicht mehr.

In der Unterwelt gibt es einen eigenen Bereich für die Seelen, die im Leben brav gewesen sind. Dieser Bereich wird Elysium genannt und ist vergleichbar mit dem himmlischen Paradies im Christentum. Aber es gibt natürlich ebenso einen Bereich für diejenigen Seelen, die im Leben als Mensch böse waren. Das ist der Tartaros. In diesem tiefsten, tiefsten, tiefsten Teil der Unterwelt werden die bösen Seelen bestraft. Vielleicht hast du schon einmal den Ausspruch gehört: „Das ist eine Sisyphusarbeit." Gemeint ist damit eine Arbeit, die kein Ende zu nehmen scheint, also sehr langwierig ist. Der Ausspruch bezieht sich auf Sisyphus, der im Tartaros als Strafe einen riesigen Felsblock einen Berg hinauftragen muss. Immer wenn Sisyphus fast den Gipfel erreicht, rollt der Felsblock wieder hinunter und er muss von vorne anfangen. Und das auf immer und ewig! Diese Strafe hat Sisyphus übrigens deshalb erhalten, weil er nicht nur einen Gott, sondern gleich mehrere Götter übel ausgetrickst hat.

Der Unterweltgott Hades ist eigentlich der Bruder des Göttervaters Jupiter und gehört zu den zwölf wichtigsten olympischen Göttern. Allerdings wohnt er nicht im Olymp, wie die anderen olympischen Götter, sondern eben in der Unterwelt. Lange hat Hades dort alleine gelebt, an seiner Seite nur der dreiköpfige Höllenhund Kerberos. Der schwarze, riesige Hund mit den leuchtend roten Augen in seinen drei Köpfen ist der Wächter am Eingang zur Unterwelt. Obwohl Kerberos mehr Ungeheuer ist als Hund, hat er sogar, du wirst es kaum glauben, eine sehr romantische Seite. Bei leidenschaftlichen Liebesliedern wird sogar der Höllenhund zum Schoßhündchen. Außerdem mag er Gerstenkekse und Honig. Solltest du also irgendwann mal den Hades besuchen wollen, vergiss nicht, ihm was mitzubringen.

Der Unterweltgott Hades mit dem dreiköpfigen Höllenhund Kerberos

Irgendwann wurde es Hades dann richtig langweilig so alleine in der Unterwelt, also suchte er sich eine Frau. Diese Frau war Persephone, die er einfach von der Erde raubte, als sie beim Blumenpflücken war. Wie es der Zufall so wollte, war Persephone aber die Tochter seines Bruders Jupiter und der Erdgöttin Demeter. Die Göttin Demeter ist dafür zuständig, dass alles auf der Erde wächst und gedeiht. Als Demeter bemerkte, dass Hades ihre geliebte Tochter geraubt hatte, wurde sie so traurig, dass die ganze Erde mit ihr trauerte und alle Pflanzen verwelkten. Jupiter konnte seinen Bruder Hades schließlich überreden, dass Persephone zumindest ein paar Monate im Jahr auf der Erde bei ihrer Mutter Demeter sein darf. Die Römer haben es sich so erklärt: Es ist Sommer und alles blüht, wenn Persephone auf der Erde bei ihrer Mutter Demeter ist, und es ist Winter, wenn Persephone in der Unterwelt bei Hades ist.

Einmal versuchte sogar jemand, einen Verstorbenen wieder aus dem Hades zu holen. Das war der berühmte Sänger Orpheus, der seine geliebte Ehefrau Eurydike zurück auf die Erde holen wollte. Mit seinem schönen Gesang konnte Orpheus sowohl den Fährmann Charon als auch den Höllenhund Kerberos überreden, ihn in den Hades zu lassen. Dort fand Orpheus auch wirklich den Seelenschatten seiner Eurydike. Die Unterweltgöttin Persephone gestattete Orpheus, dass er seine Eurydike mitnehmen durfte, allerdings unter einer Bedingung: Orpheus musste immer vor Eurydike hergehen und durfte sich nicht nach ihr umsehen. Kurz vor dem Ausgang aus der Unterwelt war sich Orpheus nicht mehr sicher, ob Eurydike überhaupt noch da war, und warf nur einen klitzekleinen Blick nach hinten – und er konnte gerade noch sehen, wie der Seelenschatten von Eurydike wieder in die Unterwelt gezogen wurde und für immer verloren war. Es gibt kaum einen griechischen Mythos, der so oft in Theaterstücken und Filmen behandelt wird, wie der von Orpheus und Eurydike.

In der Unterwelt wohnten noch andere Ungeheuer und Dämonen, wie Thanatos (er war der Tod höchstpersönlich), die Harypien (schreckliche Mischwesen in Vogelgestalt mit Frauenköpfen) und die neunköpfige Hydra (eine Art Schlangenwesen). Wie du dich vielleicht noch erinnern kannst, wurde die Hydra schließlich von Herkules besiegt. Die Schwierigkeit, sie zu töten, bestand darin, dass ihre Köpfe immer nachwuchsen, sobald ihr einer abhandengekommen war.

VI

Warum gibt es das Römische Reich nicht mehr?

Jedes große Reich oder Imperium hat einmal ein Ende gefunden – ob das Kaiserreich China, das Persische Großreich, das Reich der Ägypter, das Reich der Azteken oder das Habsburgerreich. Meistens gab es nicht nur einen Grund dafür, sondern immer mehrere gleichzeitig. Erreicht ein Imperium eine gewisse Größe, wird es immer schwieriger, alles zu verwalten und unter Kontrolle zu halten. Je weiter weg von der Zentrale, in diesem Fall von der Hauptstadt Rom, desto mehr machen die eingesetzten Verwalter ihr eigenes Ding. In dieser Zeit hat es noch dazu kein Telefon oder Internet gegeben, mit dem man schnell einmal Nachrichten nach Großbritannien oder Spanien senden konnte. Nur mit Pferden und Postkutschen wurden Nachrichten oft über Tausende Kilometer versendet. Es konnte Wochen oder sogar Monate dauern, bis eine Nachricht am Bestimmungsort ankam – oder auch nicht. Immerhin konnte unterwegs viel passieren.

Im Römischen Reich hat es bereits einen Postdienst, den Cursus Publicus, gegeben. Unter kaiserlicher Führung wurden im ganzen Römischen Reich Poststationen erbaut, die meistens nicht weiter als 7 bis 14 Kilometer voneinander entfernt lagen. Hier konnten die Reiter und die Fahrer einer Postkutsche eine Rast einlegen, essen, übernachten und die Pferde wechseln. Dieser Cursus Publicus war aber nur für Nachrichten der Verwaltung und des Militärs gedacht. Wenn jemand privat eine Nachricht an Freunde oder Familie senden wollte, musste er selbst jemanden finden, der diese Nachricht übermittelte. Von Bischof Augustinus von Hippo, im heutigen Algerien, wissen wir, dass er einmal erst nach neun Jahren einen an ihn geschriebenen Brief erhalten hat. Manchmal übernahmen Sklaven die Aufgabe des Nachrichtentransportes. Ein Sklave konnte zu Fuß etwa 70 Kilometer am Tag zurücklegen.

Wie aber hat es sich genau zugetragen, dass das Römische Reich zerfiel? Die Römer hatten ab dem dritten Jahrhundert nach Christus zunehmend innere und äußere Probleme. Mehrere hohe Männer stritten abwechselnd um die Macht und es gab zwischendurch sogar mehrere Kaiser auf einmal. Immer öfter kam es zu inneren Bürgerkriegen, die viel Geld und Menschenleben kosteten. Das Römische Reich wurde also innerlich instabil. Noch dazu waren unter den Anführern der militärischen Einheiten fast keine echten römischen Bürger mehr, sondern hauptsächlich bezahlte Söldner, die eher ihren eigenen Vorteil suchten. Die oft jungen Kaiser konnten die Macht des Kaisertums nicht halten.

Die Römer haben alle anderen Völker gerne als Barbaren abgestempelt und immer als sehr grausam beschrieben. Heute weiß man, dass die römischen Geschichtsschreiber oft ziemlich übertrieben haben.

Aber nicht nur der innere Druck wurde immer größer, sondern auch der äußere. An den Grenzen drängten andere Völker immer mehr in das Römische Reich, wie die Germanen, die Hunnen und die Perser. Diese wurden von den Römern gerne als Barbaren bezeichnet. Die römische Armee war zunehmend nicht mehr in der Lage, die Grenzen des riesigen Imperiums zu schützen. Die Vandalen eroberten um 430 nach Christus die römische Provinz Africa, die Goten fielen kurze Zeit später in die spanischen und französischen Provinzen ein, und das Reitervolk der Hunnen stürmte etwa zur gleichen Zeit im Osten heran. Über Attila dem Hunnenkönig hatten bereits zu Anfang des Buches gesprochen. Er war einer der bekanntesten Könige der Hunnen, eines Reitervolks, das in Zentralasien beheimatet war. Das sind in etwa die heutigen Staaten Turkmenistan, Usbekistan und Kirgistan. Die Hunnen konnten meisterhaft reiten und schossen ihre Pfeile und Speere während des wilden Galopps ab. Die Römer waren meistens zu Fuß unterwegs und den wendigen Hunnen oft unterlegen.

Den Hunnen wird auch gerne die Schuld für die große Völkerwanderung gegeben, die um etwa 375 nach Christus eingesetzt hat. Hat man früher wirklich geglaubt, dass hier ganze Völker auf Wanderschaft waren, geht man heute davon aus, dass es sich einfach um größere Kriegsverbände handelte. Natürlich hatten die Soldaten auch ihre Familien mit dabei und siedelten zwischendurch immer wieder dauerhaft in Gebieten. Das Ganze ging so weit, dass sogar plötzlich die Goten in Rom standen und die Stadt vollkommen plünderten.

Als im Jahr 476 nach Christus der Gotenfürst Odoaker den letzten römischen Kaiser Romulus Augustulus stürzte, war das Weströmische Reich offiziell zu Ende. Das Oströmische Reich im Bereich von Konstantinopel existierte noch bis zur Eroberung durch die Muslime im Mittelalter im Jahr 1453 nach Christus. Dem letzten römischen Kaiser Romulus Augustulus dürfte es aber nach seiner Absetzung nicht so schlecht gegangen sein, denn er erhielt eine eigene Villa und jedes Jahr eine nette Geldsumme als Pension. Ist das ein Zufall, dass einer der Brüder und legendären Gründer Roms auch Romulus geheißen hat, genau wie der letzte Kaiser Roms!

Mit dem Ende des Römischen Reiches lösten sich auch viele Strukturen in den Provinzen auf. Die römischen Städte und Siedlungen wurden verlassen, neue Völker siedelten sich an, die oft Baumaterial aus den römischen Siedlungen verwendeten oder gleich ihre eigenen Städte auf den ehemals römischen Städten erbauten. Für lange Zeit geriet das einst so mächtige Reich fast in Vergessenheit, bis die Gelehrten des Mittelalters die römischen Schriften wiederentdeckten. Trotzdem hat vieles der Römer überdauert, was uns heute oft gar nicht mehr so bewusst ist. Von diesen Hinterlassenschaften der Römer handeln die folgenden Kapitel.

VII

Römische Erfindungen, die wir immer noch nutzen

Obwohl das Römische Reich schon mehr als 1.500 Jahre von der Bildfläche verschwunden ist, sind die Römer irgendwie immer noch da. Das liegt daran, dass wir sehr viele Erfindungen, Sprüche und Teile ihrer Sprache nutzen. Du wirst erstaunt sein, wie viel das ist. Und weil es so viele Dinge sind, können wir hier wieder nur ein paar davon kennenlernen. Vielleicht kannst du dich an das Kapitel 4.1. „Die Sprache der Römer" erinnern. Da ging es um solche Wörter wie „Prost", was von „prosit" abgeleitet wird und so viel heißt wie „es nütze dir", und „Video", was „ich sehe" bedeutet.

Eine der wichtigsten römischen Erfindungen, die große Auswirkung auf unser heutiges Leben hat, ist das römische Recht. Das römische Recht ist der Vorgänger unseres heutigen Rechtssystems, unserer Gesetzesbücher und Verfassungen. Natürlich sind die Gesetze heute an unsere Bedürfnisse angepasst. Du hast ja schon im Kapitel 3.5. „Es ist Bürgerkrieg" vom Zwölftafelgesetz gehört, das vom römischen Senat in der Zeit der Republik entwickelt wurde, weil die römischen Bürger mehr Mitspracherecht wollten. Während der Kaiserzeit entwickelte sich das Rechtssystem der Römer weiter. Verschiedene Gesetzestexte und kaiserliche Erlässe wurden schließlich im Corpus Iuris Civilis gesammelt. Das ist ein erstes Rechtsbuch. Nach dem Untergang des Römischen Reiches sind die römischen Gesetze fast in Vergessenheit geraten. Erst im Mittelalter und mit Gründung der ersten Universitäten entdeckte man das antike römische Recht wieder. Vor allem der Corpus Iuris Civilis hatte großen Einfluss auf unser heutiges Bürgerliches Gesetzbuch. Schon damals wollten die Römer ein einheitliches Recht in ihrem ganzen Reich, in allen Provinzen, also in ganz Europa, in Teilen Asiens und Afrikas schaffen. Eine Europäische Union ist so gesehen auch nicht neu.

Wusstest du, dass sogar unser Kalender vom Kalender der Römer abstammt? Julius Caesar hat den Julianischen Kalender noch vor der Geburt von Jesus Christus eingeführt. Er ist der älteste Sonnenkalender, denn davor orientierten sich die Menschen am Mond, um das Jahr einzuteilen. Im Mittelalter wurde der Julianische Kalender dann von Papst Gregor etwas umgeändert. Deshalb heißt unser Kalendersystem heute gregorianischer Kalender. Spannend ist auch, dass früher der Beginn eines neuen Jahres nicht bei allen Völkern der Januar war. Für die Römer begann ein neues Jahr zum Beispiel am 1. März, als das Feuer der Vesta, der Göttin des Herdfeuers, neu angezündet wurde. In Ägypten war der Jahreswechsel am 29. August, in Russland und Konstantinopel feierten die Menschen am 1. September einen neuen Jahresbeginn.

Erst etwa im 17./18. Jahrhundert hat sich der 1. Januar fast überall als Jahresbeginn durchgesetzt. Nur in China feiert man Neujahr je nach Mondphase erst zwischen Ende Januar und Anfang Februar.

Die Römer haben auch die gebundenen Bücher erfunden. Kulturen wie die Sumerer, Ägypter und Griechen nutzten vorwiegend Tontafeln, Steintafeln, Wachstafeln und Schriftrollen aus Pergament. Pergament ist der Vorläufer des Papiers und nichts anderes als bearbeitete Tierhaut. Die Erfindung des Papiers wird offiziell dem chinesischen Beamten Ts'ai Lun zugeschrieben, der im Jahr 104 nach Christus die Bearbeitung von Pflanzenfasern zu Schreibmaterial am chinesischen Kaiserhof beschrieben hat. Funde beweisen aber, dass es Papier schon 200 Jahre früher in China gegeben hat. Die Römer legten dann mehrere Lagen Pergament oder das von den Ägyptern aus Schilfpflanzen hergestellte Papyrus übereinander, falteten sie in der Mitte und befestigten sie mit Schnüren aneinander.

Heute ist es für uns ganz normal, dass wir den Wasserhahn aufdrehen und das Wasser herausrinnt. Auch hier waren es die Römer, die Wasserleitungen erfunden haben, um Wasser über mehrere Kilometer an einen bestimmten Ort transportieren zu können. Alleine in die Hauptstadt Rom führten fünf riesige Wasserleitungen. Es gibt sogar noch einige dieser römischen Aquädukte, welche die Zeit überdauert haben. An diesen Aquädukten kann man sehen, dass die Römer große Baumeister waren. Es ist gar nicht so leicht, eine mehrere Kilometer lange Wasserleitung zu bauen, die zum Beispiel durch hügeliges Gelände führt. Das Wasser braucht immer ein gewisses Gefälle, um ungehindert weiterrinnen zu können. Vor dieser praktischen Erfindung mussten die Menschen ihr Wasser mühsam von einer Quelle, einem Fluss oder einem See nach Hause schleppen. Während der Völkerwanderungszeit ging dieses Wissen wieder für kurze Zeit verloren. Erst im Mittelalter begannen die Menschen wieder mit dem Bau von Wasserleitungen. Im Zusammenhang mit der Erfindung der Wasserleitungen steht auch die Erfindung der Toiletten. Von den römischen Toiletten hast du ja schon im Kapitel 4.3. „Die römischen Bürger“ gehört. Diese Toiletten, egal ob Einzeltoiletten oder Gemeinschaftstoiletten, waren an eigene Leitungen angeschlossen, durch die alles abtransportiert werden konnte, indem man Wasser nachgoss.

Eine äußerst angenehme römische Erfindung ist die Fußbodenheizung. Diese wurde hauptsächlich in den Thermen und Badehäusern mit eingebaut. Aber auch in den Villen der reichen Patrizier sind diese Hypocaustes zu finden, wie die Fußbodenheizung bei den Römern genannt wurde. Hypocaustum heißt nichts anderes als „Unterfeuer“. Dafür wurde unter dem Fußboden ein Netz an Kanälen gemauert, durch die heiße Luft eines angezündeten Feuers strömen konnte. Die darübergelegten Steinplatten, die oft mit wunderschönen Mosaiken verziert waren, wurden von der heißen Luft aufgewärmt. So konnte man auch im Winter barfuß laufen. Oft wurden die Steinplatten aber so heiß, dass man nur mit Holzschuhen darauf gehen konnte. Nachdem das Römische Reich verschwunden war, dauerte es fast 1.500 Jahre, bis die Fußbodenheizung wieder in Mode kam.

Du hast ja schon von den tollen römischen Straßen gehört, die überall im Römischen Reich gebaut wurden, damit die Soldaten, die Briefträger und die Transportkutschen schneller vorankamen. Damit sich die Reisenden besser orientieren konnten, stellten die Römer sogenannte Meilensteine auf. Darauf ritzten sie Entfernungen und Richtungsangaben zu Post- und Pferdewechselstationen, zu wichtigen Städten oder zur Hauptstadt Rom auf. Die römischen Meilensteine sind also die Vorgänger unserer heutigen Straßenschilder. Ein Miliarium, so nannte man bei den Römern diese Wegweiser, war eine gut sichtbar positionierte, runde Steinsäule in unterschiedlichen Größen – je nachdem, wie viel man darauf schreiben wollte. Meilenstein heißt der Wegweiser deshalb, weil die Römer nicht in Kilometer, sondern in Meilen gemessen haben. Eine Meile waren 1.000 Doppelschritte (1 Doppelschritt sind 5 Fußlängen) und sind umgerechnet etwa 1,5 Kilometer. Noch heute wird in einigen Ländern, wie in Amerika, mit Meilen gemessen.

Was? Die Römer haben auch Fast Food erfunden? Ja richtig! Vielleicht hast du schon einmal von der versunkenen Stadt Pompeji gehört, die durch einen Vulkanausbruch vollkommen konserviert wurde. Das Leben steht dort sozusagen still. Deshalb können die Archäologen genau das Alltagsleben der Menschen von damals untersuchen. Dabei sind die Forscher auch auf Take-away-Restaurants und auf Imbissstände gestoßen, die in kleinen Gebäuden untergebracht waren und eine Öffnung zur Straße oder einfach nur einen Tresen hatten. Die Menschen konnten also ihr Essen direkt bei der Öffnung bestellen und gleich mitnehmen.

Wie sich gezeigt hat, waren die Bewohner von Pompeji richtige Fast-Food-Junkies, denn fast in jeder Straße hat es mehrere solcher Restaurants gegeben. Auch in der Hauptstadt Rom hat man vor allem in der Nähe von Veranstaltungsorten, wie beim Colosseum, und bei Badehäusern antike Imbissstuben gefunden. Zu beliebten Fast-Food-Speisen gehörten zum Beispiel gesalzene Erbsen, frittierte Fische, gebratene Schnecken und geschmorte Ente.

Überhaupt war die Versorgung von einer Million Menschen in der Hauptstadt Rom eine große Meisterleistung. Deshalb mussten auch die Römer schon Globalisierung betreiben. So wurde Öl von Andalusien eingekauft, Weizen aus Ägypten, Wein aus Zypern, Garum aus Portugal und Honig aus Griechenland. Innerhalb von drei Tagen kamen die Lieferungen im römischen Hafen von Ostia an. Die Lebensmittelbeschaffung war sogar Chefsache – der Kaiser kümmerte sich persönlich darum. Immerhin konnte es gefährlich für ihn werden, wenn die Bevölkerung hungern musste. Zu leicht konnte es zu Aufständen kommen. Durch die Aufzeichnungen im Kaiserhaus weiß man heute, dass Kaiser Augustus oft Unmengen an Spargel gekauft hat – er liebte Spargel. Bei Kaiser Tiberius waren es Gurken. Die Kaiser legten sogar die Preise für Lebensmittel fest, damit diese nicht überteuert verkauft werden konnten.

Obwohl es natürlich sehr viele Beispiele von Erfindungen gibt, die uns die Römer hinterlassen haben und die nach wie vor unseren Alltag beeinflussen, sollen hier nur noch kurz die römischen Zahlen vorgestellt werden. Du hast sie sicher auch schon irgendwo einmal gesehen. Die Römer haben nicht wie wir die Zahlen als 1, 2, 3, 4, 5, 6, 7 …. 50, 100 oder 1000 geschrieben, sondern sie haben statt Zahlen lieber Buchstaben verwendet. Die Zahl 1 würde ein Römer als großes I schreiben. Die Zahl 2 wären zwei große II. Die Zahl 10 war ein X, die Zahl 50 = L, die Zahl 100 = C. Wenn du die Zahl 14 schreiben möchtest, musst du XIV schreiben, also ein X für 10 und IV für die Zahl 5, was eigentlich nicht mehr heißt als 5 minus 1. Die Jahreszahl 1984 sieht dann folgendermaßen aus: MDCCCCLXXXIIII und setzt sich so zusammen: 1×1000 + 1×500 + 4×100 + 1×50 + 3×10 + 4×1. Kompliziert, oder??? Genau deshalb ist man dann auf die arabischen Zahlen umgestiegen, die wir heute nutzen. Aber römische Zahlen werden zum Beispiel noch gerne für ein Inhaltsverzeichnis in Büchern oder in Forschungsarbeiten verwendet, für Jahreszahlen auf Münzen und als Stundenzeichen auf Uhren.

7.1. Was du heute noch von den Römern sehen kannst

Wenn du aufmerksam durch die Welt gehst, werden dir sehr viele Gebäude, Monumente, Statuen und Inschriftensteine begegnen, die von den Römern stammen. Oft stehen auch noch römische Meilensteine oder Reste von Aquädukten in der Landschaft und in Wäldern finden sich nicht selten Reste römischer Straßen. Noch immer sind viele Archäologen damit beschäftigt, römische Siedlungen, Grenzbefestigungen, Amphitheater und Thermen auszugraben. Und das nicht nur in Rom, sondern überall dort, wo die Römer ihre Provinzen hatten. Immer wieder wird von

Sensationsfunden berichtet, wie von ganzen Schlachtfeldern oder versteckten Schätzen. Wo immer in Europa du auch wohnst, es hat mit Sicherheit eine römische Siedlung in deiner Nähe gegeben.

Hast du gewusst, dass die Stadt Mainz eine der wichtigsten Militärstandorte der Römer in Germanien war? Dort kannst du heute mehr als 30 Orte besuchen, die mit der römischen Geschichte zu tun haben. Es gibt in Mainz sogar ein Museum über die antike Schifffahrt, denn die Römer haben natürlich vieles auf Schiffen über den Rhein transportiert. Römische Gräberfelder, Göttertempel, Amphitheater und römische Villen sind nur ein paar Beispiele dafür, was du dir in Mainz ansehen kannst. Ein Heiligtum der Göttin Isis befindet sich sogar direkt unter einem Einkaufszentrum in der Römerpassage in der Innenstadt. Einige Funde, wie eine elf Meter hohe Jupitersäule und Grabsteine vom Gräberfeld, können im Landesmuseum Mainz besichtigt werden.

Falls du einmal in Spanien Urlaub machst, wirst du vor allem an der Küste auf viele römische Funde treffen. Auch die Römer liebten den Strand und das Meer. Deshalb haben sie dort ihre Siedlungen und Hafenstädte gebaut. Man findet viele Reste von Aquädukten, von Thermen, von ganzen Hafenanlagen und sogar von Fabriken, die das beliebte Würzmittel Garum hergestellt haben. Die Küste von Spanien war auch wichtig für den Handel mit Afrika. Vor allem in den Regionen von Málaga und Gibraltar ist es nur ein Katzensprung bis zum afrikanischen Kontinent. Julius Caesar hat dort öfter eine

Heiltherme mit schwefelhaltigem Wasser besucht, die als Bad von Hedionda bekannt ist und ebenfalls in der Region von Málaga liegt.

Auch vor der Schweiz haben die Römer nicht haltgemacht! Ob in Zürich, in Bern oder in Winterthur – überall haben die Römer ihre Spuren hinterlassen. Sogar mitten im Wald trifft man in der Schweiz auf römische Gutshöfe und Villen, auf römische Küchen und Toiletten, auf römische Straßen und Tempel. Spannend sind die römischen Wachtürme und militärischen Kastelle, die von den Römern entlang des Rheins erbaut wurden.

Natürlich ist Italien das ideale Urlaubsland, um eine Entdeckungsreise durch die römische Geschichte zu unternehmen. In der italienischen Hauptstadt Rom kannst du keinen Schritt machen, ohne nicht sofort ein 2.000 Jahre altes, römisches Bauwerk, Monument oder eine römische Statue zu sehen. Auf der italienischen Mittelmeerinsel Sizilien wurde erst im Jahr 2017 eine der größten je gefundenen römischen Villen ausgegraben. Wer diese gigantische Villa mit einer Fläche von mehr als 5.000 Quadratmetern gebaut hat, weiß heute allerdings niemand mehr. Die Archäologen mussten neueste Mittel einsetzen, um die wahren Ausmaße des Gebäudes erfassen zu können. Heute kommen moderne Scan-Techniken zum Einsatz, durch die man richtige 3-D-Modelle auf dem Computerbildschirm zaubern kann. Was man dadurch herausgefunden hat: Die Villa mit den kunstvollen Mosaiken und den Brunnen aus Marmor wurde nicht nur zum Wohnen genutzt, sondern auch als Fabrik. Die Forscher fanden viele Keramikstücke und Brennöfen. Hier wurden also auch Geschirr, Töpfe und Amphoren hergestellt. Du siehst also, es schlummert mit Sicherheit noch viel mehr in der Erde, das uns neue Einblicke in das Leben der Menschen von vor 2.000 Jahren geben kann.

7.2. Römische Sprüche und Zitate

Was dir in deinem Leben mit Sicherheit noch öfter begegnen wird, sind alte römische Zitate, die von berühmten Feldherren wie Julius Caesar und Marcus Aurelius oder von römischen Philosophen hinterlassen wurden. Wer heute ein Philosophie-Studium absolviert, kommt nicht um die römischen Denker wie Marcus Tullius Cicero, Lucius Annaeus Seneca und Tertullian herum. Schon diese antiken Philosophen haben sich Gedanken über das Leben gemacht und zum Glück vieles davon niedergeschrieben.

Cicero war einer der größten Politiker, Anwälte und Philosophen des Römischen Reiches. Der Name Cicero stammt eigentlich vom lateinischen Wort für „Kichererbse". Seine Freunde sollen ihm öfter geraten haben, den Namen zu ändern, aber laut seinen eigenen Worten wollte er gerade diesen Namen so berühmt machen, dass er niemals vergessen wird. Und das hat er auch geschafft! Was lernen wir daraus? Auch wenn andere etwas lächerlich machen, heißt das noch lange nicht, dass man damit nicht berühmt werden kann. Es kommt nur auf die eigene Einstellung an.

Hier nun ein paar Sprüche und Zitate der Römer, die du sicher öfter einmal hören wirst und mit denen du in jeder Runde punkten kannst. Vielleicht helfen dir die Römer dann sogar einmal bei Gewinnspielen, wie der Wer wird Millionär.

Alea iacta est! – Die Würfel sind gefallen!
(Das soll Caesar gesagt haben, als er unerlaubt und voll bewaffnet nach dem Sieg in Gallien den Grenzfluss zum Römischen Reich übertreten hat. Wörtlich heißt es eigentlich: Der Würfel ist geworfen worden, es wird aber meistens in der oben genannten Form übersetzt. Damit ist gemeint, dass eine Entscheidung gefallen ist und es kein Zurück mehr gibt.)

Veni, vidi, vici! – Ich kam, ich sah, ich siegte!
(Auch ein Spruch von Caesar, den er bei einer Schlacht in Kleinasien gesagt haben soll, als er gegen den König des Bosporanischen Reichs, Pharnakes II. gekämpft hat.)

Urbi et orbi. – Der Stadt und der ganzen Welt.
(Diesen Spruch sagt der katholische Papst jedes Mal, wenn er einen Segen ausspricht.)

Carpe diem. – Nutze den Tag.
(Wörtlich übersetzt heißt es eigentlich: Genieße den Tag, wird aber meistens in der oben genannten Form übersetzt. Die Aussage stammt vom römischen Dichter Horaz. Es gibt natürlich auch den Spruch: Carpe noctem – Nutze die Nacht.)

Cui bono? – Wem nutzt es?
(Politiker und Philosoph Marcus Tullius Cicero)

ad acta – zu den Akten legen
ad hoc – extra zu diesem Zweck, aus dem Augenblick heraus
a priori – von vornherein
de facto – tatsächlich
ergo – also, folglich
semper fidelis – für immer treu

Und hier noch ein paar interessante Aussagen und Weisheiten von berühmten Römern, die ebenfalls die Zeit überdauert haben und zum Nachdenken anregen:

Gewohnheit ist Meister über alle Dinge.
(Feldherr und Senator Gaius Julius Caesar)

Ein Bild ist ein Gedicht ohne Worte.
(Volkstribun Quintus Cornificius)

Erwarte nicht von Fremden, dass sie das für dich tun, was du selbst tun kannst.
(Dichter Quintus Ennius)

Weisheit ist die stärkste Waffe.
(Dichter Quintus Ennius)

Bücher sind stumme Lehrmeister.
(Schriftsteller Aulus Gellius)

Entweder man findet einen Weg oder man schafft einen Weg.
(Feldherr Hannibal – okay, er war kein Römer, hat aber offensichtlich auch ein paar weise Worte gesagt)

Jemanden zu verurteilen, ohne ihn gehört zu haben, verbietet die Rücksicht auf die Billigkeit.
(Kaiser Justinian)

Wer schweigt, gibt damit keineswegs unter allen Umständen etwas zu; sicher ist nur, dass er nichts bestreitet.
(Kaiser Justinian)

VIII

Ein Weltreich, das nie vergessen wird

Die Römer waren ein bemerkenswertes Volk. Obwohl alles recht unspektakulär mit einer kleinen Siedlung am Fluss Tiber begonnen hat, konnten die Römer innerhalb kurzer Zeit ein ganzes Weltreich aufbauen, das zu Spitzenzeiten mehr als 50 Millionen Menschen in 50 Provinzen zählte. Ein gigantisches Reich, das man erst einmal verwalten muss! 1.000 Jahre lang haben die Römer Europa, Teilen von Asien und Afrika ihren Stempel aufgedrückt. Vieles, das sie erbaut und erfunden haben, ist natürlich in den Wirren der Zeit verloren gegangen – aber die Römer sind trotzdem in unserem Alltagsleben noch öfter präsent, als uns bewusst ist. Ob lateinische Wörter, römische Zahlen oder praktische Erfindungen wie Thermen und Aquädukte – die Römer schafften es, trotz fehlender Elektrizität, ohne Internet und Telefon ihre Bauwerke und ihren Lebensstil bis in die kleinsten Winkel ihres Reiches zu bringen. Wie schwer es aber ist, ein so großes Reich mit so vielen verschiedenen Kulturen zu verwalten, hat schließlich der Untergang des Römischen Reiches gezeigt. Ihr Vermächtnis an uns hat aber weitgehend überlebt.

Impressum

Deutschsprachige Erstausgabe April 2021

Für Fragen und Anregungen:
Ali Sayad
Horner Weg 39
20535 Hamburg
E-Mail: ali.sayad@hotmail.de

Printed in Poland
by Amazon Fulfillment
Poland Sp. z o.o., Wrocław

77532786R00063